—— 阅读之前 没有真相

午夜文库

蓝玫瑰不会安眠

[日]市川忧人 著
吕灵芝 译

新 星 出 版 社　NEW STAR PRESS

目录

1	序　幕
5	第一章 原型（I）
11	第二章 蓝玫瑰（I）
31	第三章 原型（II）
48	第四章 蓝玫瑰（II）
73	第五章 原型（III）
96	幕　间
98	第六章 蓝玫瑰（III）
123	第七章 原型（IV）
136	第八章 蓝玫瑰（IV）
168	第九章 原型（V）
180	第十章 蓝玫瑰（V）
212	第十一章 蓝玫瑰（VI）
264	尾　声

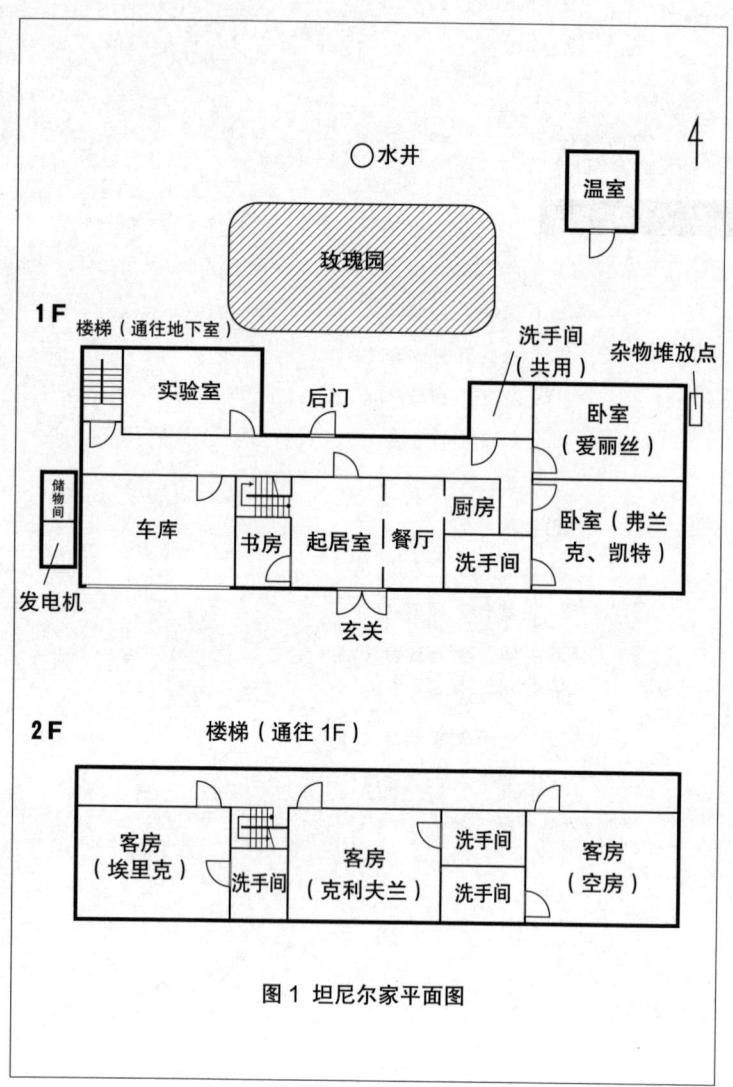

图1 坦尼尔家平面图

序　幕

爸爸死了。
他在温室里，被人砍掉脑袋杀死了。

妈妈也死了。
她在房间里，被人刺穿胸口杀死了。

不只是爸爸妈妈，好多人都死了。
我很害怕，一想到那家伙随时都会杀过来，我就忍不住浑身颤抖。

我该怎么办。
为什么会发生这种事。
大家、大家都死了。

※

加斯帕·盖尔走出驾驶席的瞬间，一股火灾现场特有的浓烈异味扑鼻而来。

组成建筑物的木材、砖瓦、树脂和金属——一切都化作焦土，崩塌过半，散发着混浊的臭气。

废墟仍蒸腾着热浪，加斯帕皱起眉环视四周。下属多米尼克·巴罗兹正在一旁与消防员交谈。

"是否有死伤者？"

"尚未确认，因为还不能搬开瓦砾。"

"火源在哪儿？"

"应该在那边……似乎离厨房有点远。"

消防员指向烧焦的废墟一角，那块地面的焦黑程度比周围更甚。"有纵火嫌疑啊……"多米尼克苦着脸挠头道。

真积极，加斯帕暗想。明知道再怎么往郊区孤房的火灾现场注入心血，成果也不可能得到认可。

一九八二年六月，A州P市郊外。

昨夜，丘陵区一隅发生火灾，他们正在进行现场勘验。

大火烧到今天凌晨，好不容易才被扑灭，于是一个小时前，加斯帕和下属就接到了呼叫。当时他还在吃早饭，尽管那不像是需要自己亲临现场的案件，但电话已经接了，总不能将其无视。

此次火灾现场似乎是座挺大的宅邸，然而周围没有商业街，甚至没有其他民宅。专门跑到这种地方来盖房子，想必主人是个严重厌世之人。但这也有可能是哪位资本家的别墅。

下属过度武断地将其判断为纵火，但加斯帕并不赞同。几个来路不明的愚蠢年轻人跑进房子里玩火——这倒是更有可能。因为事实往往比想象无聊得多。

多米尼克正一脸严肃地跟消防员继续谈话。他们俩搭档了十几年，在加斯帕看来，多米尼克的做事方式从未有过进步。

时间和人力有限。P市是U国数一数二的大城市，每天都有大小案件发生。可他这个已经快够上资深头衔的死脑筋下属丝毫不理解，他们根本没有对这些琐事逐一进行调查的空闲。

不过话说回来，自己年轻时也是这个样子。

在那个一门心思积累业绩的打拼时代，他意识到，无论耗费多少心思，在尘土中挥洒多少汗水，努力最终还是会落空。不管往牢房里塞多少罪犯，只要上头眼中没有你，你就永远别想出头。到末了还会被打上废物的烙印，赶回先前驻地。结果现在五十好几了，还只是个警督。

妻子早已离开了他，如今他头发稀疏，身材走样，在家中莳花弄草成了唯一娱乐。

他究竟何时走上了如此无聊的人生道路？加斯帕叼着香烟，从口袋里掏出火机。这火机用了三十年，状态是越来越差，他搓得拇指都快酸了才把火打着。

此时多米尼克瞟了过来，毫不掩饰脸上的谴责。他是想说别在火灾现场抽烟，还是单纯在戒烟过程中看不惯别人抽烟，加斯帕并不知道。

"你总算大驾光临啦，加斯帕。"

"路上堵车。"

多米尼克的表情越发严峻，看来他对自己也没什么好感。

不过这倒是彼此彼此。

事实上，加斯帕从未喜欢过这个无论什么案子都埋头死磕的下属。这就好像被迫观看曾经的自己上蹿下跳一样。每次见到这个一身西装起皱走形的男人，加斯帕都忍不住心情烦躁。

消防员那边有了动静，多米尼克走过去问："怎么了？"只见其中一名队员指着一块残骸。

那好像是张桌子，表面虽然彻底碳化，但材料想必精良，还基本保持着原本的形状。

其中一个抽屉被拉开，内侧略显焦黑，但还能清楚辨认出木纹。能有这种状态已经堪称奇迹了。

"里面有东西——好像是日记。"

第一章 原型（I）

我已经不记得自己的真名了。双亲平时管我叫"你"，谈论我时则称"那东西"。即使在学校，也没有直呼我名字的人。

我父母表面和睦，实际父亲在家酗酒，心情不好就对我拳脚相加。母亲一开始还会阻拦几下，但也只持续到我从幼儿园毕业而已。当她意识到我是个成绩平庸又不擅长运动的残次品后，就一改以前的面孔，每顿饭只给我做狗粮一样的吃食了。

——我就不该把你生下来！

——你怎么连这种事都不会做？

但凡遇到什么小事，母亲就会用看到肮脏布娃娃的眼神，对我口吐怨言。

邻居到我家来做过几次客，每次都被他们的假笑蒙骗，完全没有察觉我衣服底下隐藏了多少瘀青。

我也并非从一开始就认清了自己的处境。

由于不知道其他家庭如何，我便无从比较。而且也没有朋友供我比较。我既没有得到普通孩子都能有的娱乐，家中也没有电视机。我只在父亲的殴打和母亲的蔑视中，稀里糊涂地过着自己的日常生活。

可能到了小学四五年级，我才开始发觉异常。

为什么班上同学都会高兴地谈论家中父母？为什么他们过生日能收到礼物？

然而，我无法向周围发出那些疑问。因为我每天穿着破衣烂衫，被整个班级当成了厨余垃圾来对待。连老师都露骨地与我保持距离。不知从何时起，我就习惯独自坐在图书馆看书，等待校车发车。只是，里面没有一本书能解答我的疑问。

那种异样感缓慢而坚定地侵蚀着我的内心——使它终于到达了崩溃之时。

那天夜里，我像往常一样屈服于暴力之下。

那对父母来说，必定只是日常光景之一。然而对我来说，那却是压死骆驼的最后一根稻草。

骆驼不堪重负倒下，我有生以来头一次忤逆双亲——逃出了家。

那是一段黑暗而漫长的路程。

待我回过神来，周围已不见街灯照明，反倒充满了树木枝叶的喧嚣。

天上下起雨来，雨水渗进鞋子里，脚尖传来恶心的潮湿感。

我走了多久？

仿佛度过了无尽的时间，又好似仅仅过了一分钟。脚下的路变成上坡，周围成了一片树林。雨水拍打在脸上的劲头越来越大，衣服吸了水，又冷又沉地压在身上。

就在我耗尽体力，即将失去意识的瞬间——

眼前现出一道锈迹斑斑的大门。

铁门另一头还能看见淡淡的灯光。

房子？
这种地方——

我抓住大门铁栏——意识就此断绝。

※

……妈，为什么……小孩子……
……不能……下来……吗？

我听见说话声。
关门声——随后是沉默。

※

光芒逐渐扩散。
仿佛从幽深水底浮了上来，我睁开眼。

首先映入眼帘的，是一片陌生的天花板。
温暖包裹全身。有人在我身上盖了一块柔软的毛毯。
这是哪里……
我从家中逃出，漫无目的地行走，在山林中发现一栋房子——后来呢？
这里是医院吗？然而，我身处的房间却不像病房——

我昏昏沉沉地撑起脑袋，发现这个房间很大。地上铺着地毯，墙上装着挂钟，对面是一扇带木纹的房门。这与我那如同狗屋的狭窄房间完全不同，而是一个以奶油色为基调的温馨房间。

我就躺在窗边的大床上。

外面传来雨声，我撑起身子，目光转向背后。窗外的树林沐浴在雨水中，枝叶间露出的天空覆盖着厚重云层。

我又听见开门声，慌忙转回前方。

"呀。"一个套着围裙的女性探头进来，随后反手关上门，对我露出和蔼的微笑。"你总算起来了，感觉怎么样？"

那是个感觉很不可思议的女人。

她有着淡蓝色的眸子，身材纤细，脸和双手的皮肤像蜡一样白。最引人注目的，是她那头比皮肤还白的长发。那头神秘的长发，就像图画书里的精灵一样。

我在图书室看过一本图鉴，上面印着通体雪白的蛇和青蛙的照片。我记得那叫——白化病。然而这还是我头一次看见得了白化病的人类。

尽管有着一头如梦如幻的雪白头发和皮肤，那个女人的表情却十分温和。她眼角略向下垂，虽不是引人侧目的美人，却显得格外亲切。另外，她鼻梁上还架着一副可爱的圆眼镜。

雪白的头发和皮肤，略带平民感的容貌，眼镜和围裙……那种失衡感让我完全无法判断她的年龄，只知道她既不是孩子，也不是老年人。

"啊……那个……"

我一时回不上话，女人便兀自说了下去。

"真是吓了我一跳。昨晚我听见大门方向传来动静，走过去一看，发现你倒在门外……于是我就叫丈夫把你抱进来了。你一定累坏了吧，睡了好久都不醒，我都有点担心了。"

挂钟显示现在是三点二十分，外面光线挺亮，从她说的话判断，我应该睡了大半天。

"那个……谢谢你。"

我道完谢，白发女人再次露出微笑，对我说不用谢。

"现在先好好休息。还有，你衣服都晾在楼下，等会儿给你拿上来。"

此时我才发现自己身上穿着睡衣。再偷瞥一眼睡衣里面，是一条花纹陌生，尺寸有点大的内裤。我感到脸上一热。

门再次开启，一个小东西晃了进来。

我深吸一口气。

那是一名少女。身穿藏蓝色连衣裙，肤白如雪的少女。

她大概与我一般高，年龄也差不多——可能在读小学六年级，也可能年长一些。

我之所以无法判断，是因为少女的头发也一片雪白。

仿佛直接从旁边那位套围裙的女性身上复制而来的，纤细柔软的白金色长发。仔细一看，她也有一双淡蓝色的眼睛。莫非两人是母女吗？

但是，两人的感觉完全不同。

跟套围裙的女性相反，连衣裙少女眼角上翘，给人一种冰冷而难以接近的印象。"神秘"一词反倒更适合用在这名少女身上。

少女看着我，微微眯起眼睛，很快便把脸转开，藏在套围裙的女人身后。她那样子仿佛看见了脏兮兮的珍奇动物。女人微笑着轻抚少女的发丝。

"你醒啦，小伙子。"

又有一个低沉的声音响起。

第三个人不知何时走进房间，站在门前。

那是个小个子男人，吊起的眼角下有两片浓重的阴影，脸颊也深深凹陷。他有一头混着白发的暗褐色头发，和一双褐色的眸子。看起来比我父亲要年长。

他的锐利目光仿佛能看透一切，散发着与围裙女人和连衣裙少女不太一样，但也不像普通人类的感觉。

"爸爸——"

少女咕哝道。

这就是我与坦尼尔一家的相识。

第二章 蓝玫瑰（I）

（一九八三年十一月十八日 A州报纸摘录）
蓝玫瑰终于诞生——A州牧师独自杂交成果

十七日，O州举办的玫瑰展览会上，盛开蓝色花朵的玫瑰公布于世。

蓝玫瑰的培养人是居住在A州P市的牧师罗宾·克利夫兰先生（四十一岁）。他在履行牧师职责之余，同时也热心从事园艺活动，长年独自进行玫瑰的杂交培育。据称，这种被命名为"天界"的蓝玫瑰是杂交过程中偶然获得，当他看到第一朵蓝色花朵绽放时，感到"那是主的旨意"。

玫瑰花色有红、黄等，但此前从未存在过蓝色花朵，历史上有许多人对此发起挑战，始终未能实现，因此成了"不可能"的象征。如今，一名业余园艺爱好者竟培育出传说中的蓝色玫瑰，世界各地园艺家与研究者纷纷瞩目……

※

（一九八三年十一月十九日　A州报纸摘录）

我才是"真正的蓝玫瑰"——C大学发文否定业余园艺家的蓝玫瑰

十八日，C大学（C州S郡）公开发文，宣称其运用基因编辑技术成功培育出蓝色玫瑰。实现这一成就的是该大学理学系生物工程学专业弗兰基·坦尼尔教授及其研究团队。

该文称，坦尼尔教授等人开发了有效生成蓝玫瑰基因的新技术，将抽取的基因片段与玫瑰结合，成功培育出蓝色花朵。详情将在十二月发表的N杂志刊载。

就在本月十七日，A州P市的罗宾·克利夫兰先生在展览会上公开发表蓝色玫瑰，"将不可能变为可能"，引起多方关注。然而，坦尼尔教授否定了克利夫兰先生的蓝色玫瑰，宣称"仅靠杂交诞生蓝玫瑰的概率，从玫瑰性质上讲，几乎接近于零。除非发生了好几次格外巧合的变异，否则就是伪造之物"。对此，克利夫兰先生反驳道："只要你实际分辨一下，就能看出这到底是不是伪造之物。"……

※

（一九八三年十一月二十一日　A州报纸摘录）

W州发生山体滑坡灾害——山体滑坡涌入露营场地，游人纷纷避难

二十日下午，W州山区发生山体滑坡灾害，当时位于山麓露营场地的数十名游人纷纷避难。部分土砂涌入场地，所

幸无人负伤。这次灾害使得露营场地不得不暂停营业。

关于灾害原因，推测为现场附近恶劣天气一直持续到黎明，大雨使得土地松垮。该地过去曾发生过小规模山体滑坡，目前警方正在调查露营场地选址是否存在问题……

※

"……利亚，玛利亚。"

远处传来声音。

"快起来，现在还没到午睡时间。"

有人用力摇晃肩膀，玛利亚·索尔兹伯里猛地抬起头，发现下属九条涟正一脸无奈地俯视着她。

此处是F警署办公室。

挂钟指向上午十点半。离午饭时间还有点早，但周围空无一人。除了玛利亚和涟，办公室内只剩坐在对面的一位同事。其他人全都离开了，可能是去调查前几天发生的强盗案。

回溯记忆，她九点半来到座位上，不情不愿地处理起各种麻烦文件，但再往后就记不清了。垂眼一看，写到一半的报告上还沾着口水。玛利亚慌忙擦了擦嘴角和文件。

"看来你昨晚又一个人喝闷酒到深夜啊。又一位朋友结婚，你想必很寂寞吧。"

"我才没有喝闷酒。"

不过几个月前，她刚收到大学朋友的婚礼邀请函时，确实喝了不少闷酒。

对面的同事抬起头，随即嗤笑出声。她恶狠狠地瞪过去，同事慌忙低下头，肩膀却抖个不停。什么事情这么好笑。

"涟，有事吗？"

玛利亚无视了那个人，把目光转向涟。

打理得一丝不苟的黑发，衬托知性面庞的眼镜，全身无可挑剔的西装——她这个 J 国人下属像往常一样用扁平的语调回答：

"P 警署的多米尼克·巴罗兹警官打来电话，请你有空给他回个信。"

——多米尼克？

"嘿，红毛，好久不见了，你怎么样？"

多米尼克·巴罗兹的声音仿佛在酒吧碰面那样随意。

"托你的福。"玛利亚丝毫没有提及自己上班时间打瞌睡，而是反问，"你找我有什么事？"

她在二月发生的水母船一案中认识了多米尼克，因为辖区相隔甚远，两人很少直接见面，但时不时会有工作上的接触，比如互相交换跨辖区案件的调查信息。

这次想必也是有事要问，然而话筒中却蹦出了让她感到意外的单词。

"你听说了蓝玫瑰的新闻吗？"

蓝玫瑰？

"如果你说电视和报纸上的内容，我是看过了。可是……你问那个干什么？"

尽管玛利亚对园艺毫无兴趣，几天前还是听说了由蓝玫瑰引起的风波。

主业为牧师的业余园艺家培育出全世界首例蓝玫瑰，结果消息发表第二天，某大学教授也站出来宣称自己培育出了蓝玫瑰。由于教授将牧师的玫瑰斥为"假货"，两者之间正剑拔弩张。

以前她对科学的话题毫不关心，但因为先前那起水母船案与科学技术相关，从那以后，玛利亚就会不自觉地关注一些与科学相关的消息。

"那就好说了。我想拜托你去打探打探蓝玫瑰风波的其中一名当事人——弗兰基·坦尼尔教授，最好能直接见上一面。用什么理由都行，不过别让对方产生戒心。"

"哈？"她忍不住发出呆滞的回应，"你说什么呢，我一点儿都听不懂。"

莫非大学教授跟犯罪扯上关系了？

"打探"这个词用得也很微妙，若真的要抽时间去见面，在申请差旅费时，她得给出相应的理由。这与传达调查信息可不一样。若不问明实情，她不会轻易点头答应。

更何况，要打探坦尼尔教授，首先应该多米尼克亲自去，再不然就叫 P 警署的人行动。她实在搞不懂对方为何要拜托其他辖区的人。

"我自有理由。坦尼尔教授的别墅似乎在你的辖区内。最近 A 州准备举办一场学术研讨会，教授说不定会顺路到别墅去，届时你可以上门拜访。"

"我要问的不是那个——"说到一半，玛利亚闭上了嘴，随后又说，"这里面有什么不能摆到明面上的理由吗？"

"你的直觉还是这么敏锐。"电话那头传来一声叹息。"简单来讲，答案是肯定的。不过这也不是什么机密。怎么说呢——电话里不好解释。这东西有点复杂，而且我也难辨真伪。总而言之，若不看着实物，我可能没办法跟你解释清楚。这案子就是这样。"

——难辨真伪？不看着实物就解释不清楚？

"等等，我越听越不明白了。"

"我猜也是。"多米尼克苦笑道，"这事儿连我自己都感觉特别可疑。但是不好意思，我还不能告诉你详情。因为我想让你不带任何偏见与坦尼尔教授见上一面。详细的以后再说。

"出于某种特殊情况，P警署这边的人马不能出动。其他辖区值得信赖的人，我只能想到你了……能拜托你吗？"

她完全可以扔下一句"少说梦话"，然后把电话挂掉。

然而——

两人断断续续合作了半年多，玛利亚多少了解了多米尼克·巴罗兹的为人。他虽然语气轻浮，但很照顾人，是那种欠了人情必定会还的警官，绝不会利用他人好意把麻烦事推给别人。而他现在提出了这种请求，恐怕确实情有可原——而且肯定不只是"有点复杂"。

玛利亚心里渐渐有了答案，可她不太愿意如此简单就应承下来。

"你这么说我感到很光荣，不过那种事得通过上面传达。毕竟我这边也有抛不下的案子，忙得很。"

"是吗？我问了你那边的黑毛，他说你在水母船一案中搞砸了，现在正坐冷板凳，请我随便利用你啊。他还说署长也会立刻批准。"

"涟！你小子趁别人睡觉瞎胡说什么！"

她朝一脸不相干的下属大吼一声。

"哈哈，那就拜托你了。"话筒另一头传来多米尼克的笑声，随后通话就中断了。

——岂有此理，这帮人怎么都这样。

"出去巡逻了！跟上来。"

她把话筒一砸,站起来扯过椅背上的外套。不等涟回话,她就走出了办公室,却碰上一个认识的女文员。玛利亚抬起一只手准备与她擦肩而过,文员却一脸怪异地看着她。

"嗯?怎么了?"

"啊,那个……"

文员略显踌躇地抬手指向她的脸蛋。怎么回事啊,她正要追问,却看到窗户里映出自己的脸。

左边脸上清楚地印着几行墨迹,看样子像是桌上那份写到一半的报告。

"涟,你既然看见了就说一声,别不吭声啊!"

原来方才对面的同事笑到肩膀发抖,是因为这个吗?

"我还以为那是你的特殊妆容呢。"涟若无其事地回答。

※

几天后——十一月二十四日,周四。

"现在情况是——"

玛利亚坐在涟驾驶的租用车副驾上咕哝道。他们从 A 州乘飞机到 C 州,又在机场租了一辆车开往目的地,还有几十分钟车程。U 国真够大的。"你说经过多方探讨,最后敲定了拜访的由头是'咨询基因相关技术在法医学方面的应用'……你要我问什么法医学问题啊,那不是验尸官鲍勃的工作吗?"

"他跟你不一样,工作很忙。"

你还不是一样清闲——玛利亚正要回嘴,却打住了。涟之所以被调到闲职,基本算是她这个上司害的。他做的事比自己多上几十倍,而身为一个工作中公然睡大觉的人,她说那种话根本没有说服力。

那通电话打完,多米尼克的委托第二天就以P警署请F警署协助调查的公函形式发了过来。

正如涟的预测,署长二话不说就批准了。她听到有人传言——上头认为"反正索尔兹伯里闲着没事也会闯祸,干脆让她干点别的活",不过无从辨别真伪。

那个委托虽然特殊,但玛利亚和涟还是商量了一套对策,随后出发去见培育出蓝玫瑰的其中一人——弗兰基·坦尼尔教授。

多米尼克说,教授将会到A州参加学术会议。不过涟联络过后,得知对方研讨会期间工作繁忙,无法抽出时间,所以虽然麻烦,他们还是决定亲赴C大学与教授会面。涟还说,如果对方允许他们参观研究室,那更是再好不过。

"虽然不知原因何在,但P警署似乎并不想让对方察觉自己的行动。这样一来,我们至少现在应该避免容易被理解为调查取证的行动。"

调查取证吗……

她回想起前不久刚参与过的案子——水母船案。那件让玛利亚记忆犹新的案子,也跟大学教授公开发表的新技术有关。

声称自己培育出蓝玫瑰的坦尼尔教授……这个人恐怕也跟什么案子相关——或者说,被卷入了什么案子?

"弗兰基·坦尼尔,一九四一年出生,在C大学理学系进修了博士课程,专业是分子生物工程学。一九八一年进入该专业担任教授……根据大学公布的信息,教授走在典型的研究道路上。介绍中提到的专业是'分子生物工程学',但其发表的论文基本都集中在名为'遗传工程学'的领域。这次的蓝玫瑰就是其研究成果之一。玛利亚，你对遗传工程学有多少了解？"

"你觉得我可能了解吗？如果是疯狂科学家操纵基因创造怪物的故事，我应该在漫画或电影里看过。"

"具体并深入研究'操纵基因'的部分，就是遗传工程学。

"我以前说过，生物的遗传信息都记录在脱氧核糖核酸中——你还记得吗？DNA具有分子结构，脱氧核糖、磷酸与'腺嘌呤''鸟嘌呤''胞嘧啶''胸腺嘧啶'四种碱基其中之一组合成核苷酸，以随机顺序排列成链状。用符号来表述碱基，就是T-C-G-C-A-G……这种形式。

"大部分DNA由两条核苷酸链通过氢键相连，组合成双螺旋立体结构——某些细菌的DNA呈环状，某种病毒则拥有单链DNA。它的立体结构形态各异，但四种碱基排列成链状的基本结构，却是所有生命体共通。"

"什么意思，难道你想说那个TAGC的排列是某种暗号，生物形态便是基于暗号解读的产物吗？"

涟瞪大眼睛。

"对，一点儿没错。"

"啊？！"

"蛋白质是构成生物的重要物质，它有很多种类，由二十种氨基酸按照特定顺序串联而成。DNA的碱基排列就记录了这些氨基酸的种类和排列顺序。当然，生命活动必需的物质并非只有蛋白质，但它是组成生物的主要物质，同时也是酶和激素这种功能性生物分子的成分。极端地说，只要拥有DNA碱基排列这一遗传信息，就能创造生物的外在形态。"

"碱基只有四种，如何表达二十种氨基酸？"

"它的结构非常巧妙，每种氨基酸由三个碱基组合排列对应，比如'GAA'就代表了'谷氨酸'。这跟电脑用零和一的二进制算法能够表述所有数字和文字一样。四的三次方就是六十四，用以表述二十种氨基酸绰绰有余。据说，现在已经查明了每种氨基酸对应的碱基序列呢。"

以DNA碱基序列为基础，氨基酸串联合成蛋白质，蛋白质又构成生物身体……这不就是暗号解读吗？

"你说的那种系统究竟从何而来啊，难道上帝还会摆弄电脑？"

"那我就真不知道了，我还以为你知道呢。"

"哎哟，你竟然说起奉承话了，真是难得。但我可不是上帝。"

"不，我只是感觉你从创世活到现在，应该知道一些详情吧。"

"你说我是老古董吗？！"

她那一不留神就油嘴滑舌的下属又若无其事地继续道：

"生物的外在形态以DNA为基础，把它当成基础篇，那下面就是应用篇了——只要改变DNA碱基序列，就能改变生物形态。"

一阵沉默。

"……坦尼尔教授培育出蓝玫瑰，也是通过改变DNA序列实现的？"

"根据大学公布的消息，确实是这样。"涟的措辞很慎重。"其实我也没有充分把握目前的基因相关技术发展到什么程度。只知道其他研究机构也在尝试通过基因编辑培育蓝玫瑰，目前都没有成功。坦尼尔教授如何培育出蓝玫瑰，可能也会成为这次探访的主题之一——或许，还包括教授的研究是真是假。"

是真是假，这个可以放到过后再来判断。

"蓝玫瑰有这么复杂吗？新闻也特别夸张地称其为'将不可能变为可能'，不过那跟蔬菜水果的品种改良有什么不同？不还有很多会开蓝花的植物吗？"

"'真这么简单，就不用费那么大力气了'。这是古今中外玫瑰育种专家和研究者的共同见解。当然，你说的'蔬菜和水果品种改良'也需要下很大功夫，只是培育蓝玫瑰耗费的时间和失败次数，并非普通品种改良所能比。至少两千年前，人类就开始了玫瑰育种，直到现在，真正意义上的蓝玫瑰——在所有人眼中都能被称为'蓝'的玫瑰，尚未存在于任何公开记录中。历史上出现过几次号称'蓝玫瑰'的花，但那些花的蓝只能说'与现有玫瑰相比或许蓝了这么一点'而已。"

但这次不同——是这样吗？

玛利亚尚未见过引起风波的那两株蓝玫瑰的照片。涟对她说，克利夫兰牧师在展会以后几乎拒绝了所有采访，坦尼尔教授也只对学术杂志的采访做出回应。因此，目前媒体手头只有寥寥几张蓝玫瑰照片。

今天若能亲眼看到其中一株蓝玫瑰，抓住能辨别真伪的实感，是否能在一定程度上满足多米尼克的要求呢。

她的视线转向空中。气囊式飞艇——那个名为水母的装置在蔚蓝高远的空中静静浮动。白色扁平的球状气囊，底部装有四根支柱与船体。如名称般酷似水母的轮廓。

围绕水母船发生的大规模谋杀案，其余波至今仍对方方面面有着影响。她不知道案件造成的影响最终会以何种形式平息，只是，双方似乎都在为尽早结束其中一项诉讼而展开行动——这是她从熟人那里听来的。

玛利亚不动声色地叹了口气。一直在意早已不归自己调查的案件，这太不像她了。

"培育蓝玫瑰为何如此困难——对此我尚未充分理解。但从植物整体来说，开蓝色花的品种本来就很罕见。牵牛花、绣球花、罂粟……大致一想只能举出这几种吧。我的祖国有一种花叫'樱花'，平时在路上见到的基本都是桃红色花朵，并不存在'蓝樱花'，平时也很难听到想看或想培育蓝色樱花的话题。"

"我也知道樱花，U 国就有个挺出名的樱花胜地——过去我还跟朋友一起去过。"

"是吗，玛利亚，你知道 J 国有句俗话叫'丸子胜过花'①吗？"

"我怎么知道！"

但她很肯定那不是什么好话。

漫长的跨州旅途终于结束，玛利亚和涟来到了弗兰基·坦尼尔教授供职的 C 大学 S 郡校区。

温暖的空气，茂盛的草地，美丽的行道树。眼前是一片大海——这里的景色不比度假胜地差，与丝毫没有华丽感的 F 警署相去甚远。

在入口做完登记，两人穿过校园走向生物工程学专业大楼。他们坐在事先约定好的大厅沙发上等候，没过多久，电梯里就出现了一名少女。

那是个通体雪白的女孩子。

白皙得异常的皮肤，长及腰部的白金色头发。那是白化病

---

①本句为直译，意为"舍华求实"。

症状。女孩一身藏蓝色连衣裙，更突显出皮肤和头发的雪白。她个子小巧，有点瘦弱。微微翘起的眼角让稚嫩的脸上透着一丝坚定。一头白发让少女略显成熟，但实际年龄可能只有十二三岁。

小孩子怎么会出现在这种地方，莫非是来送饭——想到这里，却见白化病少女把大厅看了一圈，目光落到玛利亚和涟身上，随即大步走了过来。

"请问两位是A州F警署的玛利亚·索尔兹伯里和九条涟警官吗？"

她的声音淡漠通透，还带着一丝稚嫩。

"对，我们就是。"

听了涟的回答，少女面无表情地点点头。

"欢迎两位光临。请跟我来……这边走。"

不等回应，她便转身走向电梯。玛利亚慌忙站起来，跟涟一道追了过去。

"请问你是？"

"坦尼尔研究室的学生。"

学生？那也太年轻了，莫非是跳级上来的？

少女似乎丝毫不在意玛利亚的惊奇，一言不发地走进电梯。这孩子太冷漠了。

"你叫什么名字呀？"

少女往旁边瞥了一眼，目光中带着愠怒，仿佛在说别把我当小孩子对待。

"大家都叫我'艾琳'。"

"艾琳啊……这名字真不错，听起来很成熟。"

少女——艾琳稍微瞪大了眼，随后把视线转回前方。虽然还是一副面无表情的样子，但她脸蛋上泛起了一片红晕。看来是害羞了。

接下来，三人并没有怎么对话，沉默着上到六楼。艾琳把玛利亚和涟带到一个貌似会议室的房间门前。

"请在里面稍坐片刻，我去把老师叫来。"

说完，艾琳又点点头，留下二人离开了。玛利亚目送那白发摇曳的背影离去，随后打开会议室的门——险些惊叫出声。

有人在里面。

一头铜褐色短发，隔着军装也能看出刻苦锻炼的精壮体格——那个玛利亚和涟都熟知的人物，此时也惊讶地看着他们。

"索尔兹伯里警监，九条探员？你们怎么在这里？"

"那是我们的台词。约翰，你怎么在这儿？"

玛利亚一脸困惑地对U国空军少校约翰·尼森发出疑问。

"好久不见了，尼森少校。"涟若无其事地问候道，"不过只隔了几天吧……今天你有何贵干？"

"啊，哦。"约翰回过神来，清了清嗓子，"……详情不好细说，总之是一项新的技术调查。我为这件事约好了与人见面——你们是来查案子的？会不会弄错房间了？"

"不是，我们也刚被领到这里来。真要说的话，也跟查案子差不多吧。"

难道艾琳弄错房间了？可是她并没有表现出一丝犹豫。

不，莫非——

现在瞎想也没用，再等等估计就来了。于是，玛利亚在约翰对面坐了下来，涟也在她旁边落座。约翰困惑地看着两人，随即认命似的叹了口气。

"不过好巧啊。技术调查需要经常往大学跑吗？"

"毕竟水母船一案出了那种事。"

他露出少见的自嘲表情。"不怕你们笑话,我现在被安排了闲职。"

约翰·尼森少校与玛利亚等人在不久前的水母船一案中结识,一同追查凶手。在场三人都见证了案件难称完美的结局,现在再怎么委婉也没用了。

"真够呛,我也一样。"玛利亚说完,约翰露出了苦笑。"话说回来,如果方便的话,能告诉我你们来找谁吗?既然来到这里,想必是找大学的人吧。这也是种缘分,要是两位参与了有意思的研究项目,过后能说给我听听吗?"

涟看了她一眼。考虑到多米尼克的委托,现在最好别让事情过度公开,不过对约翰说说应该不碍事。

"我们来找弗兰基·坦尼尔教授。你应该知道蓝玫瑰的新闻,我们来找教授是为了咨询基因相关技术在犯罪调查中的应用问题。"

"蓝玫瑰?"约翰挑起眉毛,"等等,我已经跟坦尼尔教授约好马上要见面啊。"

嗯?

"你说什么呢,我们也跟教授约好了这个时间。"

这到底是怎么回事,莫非是教授那边日程安排错了。

就在此时——

"不。"门没敲就被打开,一个沙哑的声音传了过来,"是我刻意这样安排的,毕竟时间不多。"

来人似乎听到了室内的对话。只见声音的主人站在门口,愉悦地看着玛利亚等人。

那人看上去四十多岁,有一头混着白发的深褐色发丝,身高不足一百七十厘米，脸和身体都很消瘦，算不上什么健康体态。

但是目光却异常锐利，充满了震慑一切的威压感。

"索尔兹伯里警监，九条探员，以及尼森少校，对吧。欢迎你们远道而来，我就是坦尼尔。"

蓝玫瑰培育者之一，弗兰基·坦尼尔教授勾起嘴角说。

"失敬。"约翰站起来，很可能是下意识地敬了个礼，"我是U国第十二空军少校，约翰·尼森。今天承蒙接见，十分感谢。教授——"

"请别那样叫我，我不太习惯。"弗兰基摇摇头，"各位可以称呼我名字，或者称呼'博士'。另外也不用说什么客套话，我对研究室的人都这样要求。"

"——那么，坦尼尔博士，今天就麻烦你了。"

"我叫玛利亚·索尔兹伯里，请多关照。"

"我叫九条涟，今天麻烦您抽时间出来，真是太感谢了。"

涟的措辞没有改变分毫，莫非J国人都这样吗？

"现在说这种话可能已经来不及了，其实我希望你能把我的会见时间与这两位错开。毕竟不能在无关人士面前谈论可能涉及军事机密的话题。"

"啊，真抱歉。我们这些普通人不太了解警方与军方的不同之处。话说回来，几位看起来似乎并不像完全不相关的外部人士。既然如此，又何必顾虑呢。"弗兰基抬起拇指指向门外，"我们开始吧，跟我来。"

没说几句话，博士就开始带他们参观研究室。

弗兰基走下一段楼梯，又穿过一条走廊。左手边现出一扇嵌死在墙上不能开启的大窗，博士停在窗前，用目光指向室内。

"这里是洁净室……不过这是整个学科共用的设施，我们主要在里面进行取样与合成作业。"

他们顺着弗兰基的视线看过去，玻璃另一头有几个人正在工作。

那是几个戴着手套口罩，头上还罩着发帽的年轻人，应该是学生。有人正用显微镜观察小皿，里面装着貌似植物叶片组织的东西；有人面前摆着一个形似小浴缸的容器，里面放了一只烧杯，那人正手持秒表计算时间；有人面对一只固定在笼子里的小白鼠，战战兢兢地将注射器刺入其尾部……作业内容千差万别。

"博士的研究室还将动物作为研究对象吗？"

"应该说'开始将研究成果应用于动物'比较准确。我们研究室的研究主题是通过基因编辑人工改变生物形态。目前的主要研究对象是植物，但无论动物、细菌还是病毒，只要拥有DNA或RNA，都能够成为我们的研究对象。我学生时代也曾像那样给实验小鼠注射。"博士转向玛利亚等人，"不过你们关心的应该不是我的研究范围。而是'这个可疑学者真的培育出蓝玫瑰了吗'——你们想知道这个，对吧？"

正中靶心。弗兰基微微勾起嘴角。

"说一百遍理论不如拿出证据，我也不是那种喜欢卖关子的人。"

他们又迈开步子，跟随博士乘电梯下楼，在户外走了一段路，眼前出现一座马戏团帐篷大小的精致平房。

那好像是温室，而且非常大。屋顶嵌有天窗，四面墙壁全是巨大的窗户，透过窗户还能看见里面摆满了绿叶植物。

弗兰基招招手让他们走进温室，穿过正门是前室，两旁是储物柜和壁橱，摆着各类用品。里面还有一扇门，看来那扇门背后才是温室。

几个人在前室戴上手套和网帽，又套上了浅蓝色的薄外套。"欢迎来到奇境之国。"博士半开玩笑地说了一句，随即打开那扇门。

这个温室看起来意外整洁。

面前是一列又一列细长的桌子，一直延伸到温室深处。每张长桌上都整齐排列着种在花盆里的植株。

一股甜香扑鼻而来。从外面看不出来，这里有许多植株都开了花。

行走在长桌之间，靠前排的桌子一角，摆着大约十盆蓝色花朵。玛利亚本以为那就是蓝玫瑰，但仔细一看形状不同，全都是从未见过的花朵。

"这是瓜叶菊吧。"涟看着最前面那盆花说，"左边那盆是龙胆，龙胆旁边是补血菜……"

他流利地报出花名，让人不禁猜测他在故乡是否开过花店。

"都是做比较用的。要创造蓝色花，首先要分析现存品种，弄清色素结构和生物反应过程，否则无从下手。"

弗兰基的解说让约翰频频点头。

他们顺着蓝色花朵一盆盆看过去，突然碰到一盆红花。

植株尚未开花，红色花瓣拧成细长的骨朵，仿佛绞作一长条的手帕。攀附在支架上的蔓须光滑纤细，跟玛利亚印象中的玫瑰一点都不像。

"涟，这是什么？"

"是牵牛花。这种花数百年前就在 J 国广受喜爱，如今也经常被用作小学生的植物观察对象。"

"哦。"

那种花在 U 国并不常见，看来 J 国有各种各样的花。

红花并不只牵牛花一种，旁边还摆着好几盆其他的花。看来这里开始是"红区"，应该也是做比较研究之用。

"这是康乃馨，与玫瑰和菊花并称三大切花。旁边是郁金香，属于学校花坛常见的品种——"

"那种事我知道！"

他当别人是傻瓜吗？

视线再往前方移动，这回看到了色彩缤纷的花朵。

都是玫瑰。红、黄、白、粉……颜色鲜艳的花朵在温控机的微风中摇曳。

然而最多的颜色却是紫色——浅红里掺杂一丝蓝调，呈现淡紫罗兰色的花朵。

"这是……"涟瞪大了眼睛。

"涟，怎么了？"

"我在车上对你说，历史上并不存在蓝玫瑰——那不仅包括正统'蓝色'，还包括了'蓝色系'的其他颜色。至少我从未见过'紫色'的玫瑰。"

她忍不住收回视线，只见约翰也出神地凝视着那些紫罗兰色的花朵。

这就是博士培育的"蓝玫瑰"？

"不。"博士面带愉悦地摇摇头，"那些都是原型，正品在这里。"

弗兰基穿过桌子间的过道，抬手指向温室深处一张被高大植株包围的桌子角落。

"各位请看，这才是我的研究成果。"

玛利亚透过植株缝隙看过去——随即屏住呼吸。

蓝玫瑰——
那是一株妩媚盛开，毫无杂糅的、深蓝色的玫瑰。

第三章 原型（II）

"——就是这样，都能理解吗？"

博士停下粉笔，转过头说。

这是一个卧室大小的房间，到处摆满了玻璃容器和药瓶。我们正坐在充斥药味的昏暗房间一角听博士讲课。

"那个……"尽管被坦尼尔博士无比晦涩的演讲所震慑，我还是磕磕巴巴地组织起语言。"我不知道自己是不是真的理解了……您说的是，生物细胞中都含有名为'基因'的成分，因为那些成分，人才会长成人，狗才会长成狗，没错吧？"

哦——博士感叹一声。

"看来你理解了本质，这足以称为今天讲课的成果了。"

我在被夸奖吗？毕竟无论在家还是在学校，我都没听过那种话，所以困惑胜过了高兴。

"人与狗之所以外形不同，是因为两者基因里包含的信息不同。反过来讲——假设我们能通过某种手段改写基因，就能改变生物形态。"

我仿佛听了什么鬼故事，皮肤蹿过一阵战栗。

"博士的玫瑰也被改写了基因吗？"

"简单来说是的——你觉得很可怕？"

"也不是可怕……就是有点不舒服。"

听到我老实的嘀咕，博士并没有在意，而是笑了起来。

"很正常，连科学界都有人一脸严肃地抗议我的研究，说我'不应该插手上帝的领域'。不过说实话，通过改写基因变化外形，这在自然界是很普遍的现象。"

"啊，真的吗？"

"所有生物都由一个细胞不断分裂而成，每次分裂，基因也会被复制到每一个新增的细胞中，只是那种复制偶尔会发生失败。"

"还会失败吗？"

"生物并非机械，如果我叫你将《圣经》一节抄写一万遍，想必你也不能保证每一张纸上都没有文字错误吧。"

那倒是。

"另外，基因在细胞核内以'染色体'形式存在，大部分有性生殖的生物都拥有两条类似的染色体，然而在减数分裂——那是生成精子和卵子的细胞分裂形式——过程中，这两条类似染色体会彼此混合，进行'基因重组'。拿刚才的例子说，就是从需要抄写的一节圣经中随意挑选几个句子，与另一节的句子置换过来。

"这种复制错误或基因重组，就会引起生物形态变化。变化程度有大有小，既有变成畸形导致死亡的例子，也有成为更加适应环境的形态、从而淘汰旧形态的例子。又或者，那种变化仅止于每个人的外表细微差异——比如皮肤颜色之类。"

我忍不住看向旁边。

白发少女坐在椅子上，双眼注视着父亲。她似乎毫不在意我的目光。

……生活变得好奇怪呀。

这就是我目前的真实心境。

※

两天前,我与一家人初次碰面,随后——

我被问到名字,沉默了许久才回答:"不知道。"

"不知道?莫非你失去记忆了?"

我抿起嘴唇。

房间陷入沉默。男人皱起眉,白发女人也问了一句。

"原谅我过分打探,你能说说发生什么事了吗?"

我回答不上来,只好低下头。女人的声音变严肃了。

"我看了你的身体……到处都是伤。"

我忍不住抬起头,发现女人正用温柔的目光注视我。

"别担心,这里没人认识你,也没人会责备你……所以,你能说说吗?"

她的声音一直很安静。又一阵漫长的沉默过后,我颤抖着嘴唇说:

"没人叫我的名字……所以我不记得自己的名字。"

我把父亲的殴打、母亲的蔑视,以及在学校被孤立的生活和盘托出。将一直以来对谁都无法言说的话语,全都说给了刚见面的陌生人。

女人表情越来越严肃,她看了一眼男人,又重新看向我。

"于是……你就从家里逃出来了?"

我点点头……除此之外的事我没能说出口。

白发女人沉默许久,然后露出安静的笑容。

"我知道了,你先在这里住一段时间吧。可以吗,弗兰克?"

男人用一声叹息回答了白发女人。

"妈妈?"少女惊讶地抬头看着她。

"啊?!可是我——"

其实我也一样惊讶。虽然不用被送回那里,我非常感激,但我也想,总不能一直待在别人家里。

"我没说免费。"男人勾起嘴角,"我们可没余力养个吃白食的人。干脆你给我当助手,报酬就是一日三餐和一张床,如何?"

就这样,我成了坦尼尔博士的助手。

此时我才知道,那个面颊凹陷、相貌可疑的男人是研究什么"分子生物工程学"的学者。我问他"分子生物工程学"是什么,博士抬头看了一会儿天花板,随后微笑起来。

"这个嘛,可以说是插手上帝领域的学问。"

他夸张地说出那句话,随后转过身,又把头转过来。

"机会难得,就让你看看我的研究成果吧。换好衣服到楼下来。"

我穿上衣服,在博士带领下,与白发母女一道走向貌似后院的地方,随即瞪大了眼睛。

那是一个玫瑰园。

红、黄、白、粉、黑……各色玫瑰遍布整个花园——有的高如小树,有的伸出藤蔓攀附在栏杆上,还开了许多花朵。有小巧可爱的花,也有壮丽华美的花,大小千差万别。

雨已经停了,乌云间洒下阳光,带着水滴的叶片和花瓣泛着光芒。

就连我这个毫不了解花卉的人,也看得出了神,仿佛忘了怎么说话。

"插手上帝的领域,就是种花?"

"不,这些都是凯特培育的花,是不是很美。"

我被领到后院前,得知凯特就是照顾我的女性——坦尼尔博士妻子的名字。她雪白的脸蛋上泛起一层红晕。

突然,一阵低沉的野兽咕噜声打破了我的白日梦。

"博士养了狗吗?"

我并未看到那种动物的身影。白发少女一脸淡然地保持沉默。

"没有。"坦尼尔博士隔了两三秒才回答,"那是七十二号样本的声音。它可能闻到你的气味开始闹了,现在又正好是肚子饿的时间。"

"弗兰克,别吓唬他。"

凯特皱起眉……我就当没听见那句话吧。

大人说话时,旁边的少女用略显轻蔑的目光看向我。这家伙给人的感觉真不好。

我把目光投向后院另一头的树林。

划分土地的围栏前有一圈堆成圆筒状的矮石墙,上面盖着圆形木盖。

"那是一口井,现在已经不用了。这里原本是我娘家的别墅,是几座别墅中我最喜欢的一座。小时候我经常跟弗兰克偷偷跑到井底下玩探险游戏……结果回去一看,家人正慌了神到处找我。弗兰克,你还记得吗?"

"唔。"博士心不在焉地应了一声。两人似乎是青梅竹马……

不过家里有好几座别墅，莫非他们很有钱吗？

　　院子角落有一座小温室，隔着玻璃隐约能看到各色各样的花影。

　　"我的研究成果在这里面——爱丽丝，去把锁打开。"

　　名叫爱丽丝的少女对父亲的话点点头，从连衣裙口袋里掏出一把钥匙。随即，门锁发出细微的响声。

　　"除我们以外，你是第一个看到它的人。你应该感到荣幸。"

　　说完那句夸张的台词，坦尼尔博士把门打开。

　　温室里盛开着蓝玫瑰。

　　植株只有一盆，长着尖刺，似藤蔓又似枝干的株身从盆土中伸出，沿着支架一直长到大约五十厘米高。

　　枝叶顶端稍微靠下的地方，一共开着三朵花。

　　娇嫩的花瓣重重叠叠，优美的花朵比我手掌稍小一圈。那跟我脑中想象的玫瑰花朵一模一样。

　　然而，它的颜色却不普通——而是湛蓝。就像我只在照片上见过的异国大海，是不折不扣的蓝。

　　温室里还有许多栽种在花盆里的玫瑰。跟园中玫瑰一样，盛开着红黄白各色花朵。然而开着蓝花的玫瑰只有我眼前这株。它与其他植株相比，明显散发着格格不入的气场。

　　让我无法移开目光。

　　这是为什么……

　　只因为花瓣是蓝色，为什么这株玫瑰显得如此缺乏现实感——如此让人恐惧？

　　"原来玫瑰还有蓝色的啊。"

"没有……"

白发少女——爱丽丝动了动唇。她的声音清澈通透，又像冰刃一般冰冷锐利。

"啊？"

"其他地方没有开蓝花的玫瑰……这就是爸爸的研究成果，是爸爸创造的，世界上头一株蓝玫瑰。"

我重新看向蓝玫瑰——全世界头一株，任何地方都不存在的玫瑰？

"可惜还不能公开。"坦尼尔博士皱着眉说，"虽说它由我'创造'，但目前尚未重现培育方法，还有许多要素需要改良。关键在于，我还没收集到足以让那些审稿的老顽固闭嘴的数据。研究只进行到一半而已。"

我不太明白博士说的话——但此时我心中萌生了一种预感。

……莫非，我无意中跑到十分了不得的地方来了？

"好了——"博士勾起嘴角，"从今天起，你就要给我这种研究当助手。做好准备了吗？"

※

那就是两天前的事。

"首先你要掌握一些基础知识。"博士说完，第一天就开始给我讲课了。他说的那些色素和双螺旋，对我这个连初中都没上的人来说，实在太复杂了。老实说，我都不肯定自己是否理解了百分之一。

但博士并没有对我生气。

若换作我父母，一定早就把拳头和巴掌招呼过来了。但博士听见我说不明白也毫不烦躁,而是一遍又一遍地对我解释。细节可以忘却,关键在于理解本质——那就是博士的口头禅。

"——几乎所有生物的基因结构都相同。无论是人类、猫狗,还是虫鸟细菌,以及玫瑰等植物,它们的基因都由脱氧核糖核酸组成。打个比方就是:纵使写在纸上的文章内容不一样,那些纸的材质都是一样的。"

"博士……对不起,我不太明白。"

"太难了?"

"不是,我不太明白为何非得是'纸'。同样是生物,基因为何不能彼此不同呢,比如人类用纸,狗用石板,植物用黏土板……或者不用那什么核酸,而用白糖或者盐。"

"你是笨蛋吗?"爱丽丝面无表情地咕哝道,"且不说白糖,盐的分子结构太简单了,根本不足以记录遗传信息……你这个吃白食的,别用那些蠢问题影响讲课。"

"要、要你管。"

尽说那种听不懂的话。而且这本来就是给我讲的课,你跑来干什么。

不过按照对方的看法,似乎"你才是擅自插足那个人"。让我惊奇的是,这个少女似乎一直在听父亲讲课——被她冷漠精准地指出从天而降的吃白食人员这个立场,我只能忍气吞声闭上嘴。

这种事不止发生在今天。昨天和前天,爱丽丝只要抓住机会就会管我叫吃白食的。由于事实如此,我还无法反驳。她真是太卑鄙了。

不过话说回来,我不得不承认爱丽丝确实很聪明。听了博士如同外星语的讲课,她可以提出同样如同外星语的问题,甚至把我扔在一边与博士展开讨论。她的学识可能比一些不学无术的大人还厉害。

但博士却眯着眼睛专注于我跟爱丽丝的小小争执。

"干、干什么啊？"

"没什么，你这个疑问很不错。"博士歪起嘴角，"你说得没错，并没有理由限定记录遗传信息的化学物质必须是DNA。老实说，目前尚未探明生物将DNA作为遗传物质纳入自身系统的过程。不过关于所有生物都拥有同一种遗传物质这点，学界存在一个假说。我刚才说，基因变化会引起形态变化，将这种变化放在漫长的时间范畴中，从物种变迁的角度进行研究，就成了'进化论'这一学说。这你听说过吗？"

我听说过人类是从猴子变来的。尽管父母否定了这点，说它"不符合上帝的教诲"。

"那解释起来就很容易了。关键在于，一种生物并不仅仅会变化为一种形态，而有可能分支为好几种形态。比如灵长类拥有单一祖先，它的部分后代演化为人，另一部分后代演化为大猩猩……虽然不同生物集中表现出同一形态的例子很罕见，但一种生物变化为不同形态，却一点都不奇怪。"

我似乎能理解。同样是"狗"，也存在寻回犬、腊肠犬、贵宾犬等不同种类。

"那么我们把那个想法反过来。无论生物外形差异有多大，若回溯其进化路径，就会找到根源处的生命体——一个共同祖先。"

我屏住呼吸……莫非人和猫狗原本都是同一种生物？

"那就不是'各种生物的基因出于某种巧合，都由DNA这种物质组成'。而是'某个以DNA为遗传物质的生命体，分化成了各种生物'。"

"爸爸——你说植物也是?"

爱丽丝好像也是第一次听到这番话,马上向父亲抛出了问题。坦尼尔教授点点头。

"动物和植物都属于多细胞生物,我认为,它们共同的祖先,有可能是再往上回溯的单细胞生物——如同细菌一般的东西。不过这个'共同祖先'的概念目前也只是假说。只要详细调查各种生物的基因,或许有一天能找到共同祖先的痕迹,不过那将是很久以后的事了。"

"博士研究基因,就是为了找到那个'共同祖先'吗?"

"不是。"几秒钟沉默过后,坦尼尔博士露出自嘲的笑容,"我可没有如此高尚的理想。我研究基因,只是为了实现个人愿望,出于我个人的原因远离了尘世,不过是个俗人而已。所以,如果你想走上科学研究道路,千万不能跟我一样。如果不是出于纯粹的求知心,而是为了个人目的进行科学研究——那将是一条被诅咒的道路。"

※

讲课结束后,我还要做名为辅助研究的打杂工作。

打扫走廊、实验室、车库、客厅、餐厅、厨房、卫生间等地方;收拾清洗实验器材,清洗碗筷,照顾花草,等等等等。

与其说是助手,我更像个仆人。但那些工作并没有让我感到痛苦,因为他们愿意把我留在家里,已经是个奇迹了。相比被当成客人对待,让我干点活反倒更安心。

为什么博士一家人会收留我呢?

后来,博士和凯特都没有对我问问题。

他们只问了我的年龄。我说自己在上六年级，凯特便微笑着说："那爱丽丝是姐姐呢。"想象自己变成那家伙的弟弟，我不禁浑身一颤。

总而言之，不用谈论那天发生的事，对我是一种解脱。与此同时，我又感觉自己有事瞒着博士与凯特，心里产生了严重的罪恶感，很难释怀。

不，不行。既然受到人家照顾，就更不能让他们知道那件事了。绝对不行。

爱丽丝也不问我任何问题，不过我跟她的问题远在此之前。看到她在实验室对我的态度，就算不用窥探脸色，也能明白她并不喜欢我。

算了，别管那家伙，想再多也没用。

我清扫完走廊，撑着腰挺起身子。

恢复正常姿势后，眼前出现一扇门。

在走廊尽头向右看，有一个称不上拐角，反倒更像凹洞的地方。那里静静矗立着一扇挂锁的门。

这应该是通往地下室的门。旁边墙上挂了一把带绳的钥匙，但我从未打开过这扇门。另外，凯特也对我说别到里面去，因为"里面都是灰尘，放满了杂物，不好意思给你看"。

我扭头看了一眼走廊，没有人。

我又朝门闩战战兢兢地伸出手——随即缩了回来。

还是算了。万一被发现多管闲事，会让人给赶出去的。

我晃晃脑袋赶走杂念，转身走向实验室。现在博士跟爱丽丝应该都在休息。

打扫完地板，收拾好玻璃器皿，我又来到走廊上，听见背对实验室的左侧、通往客厅的门背后传来声音。

是博士。虽然说话内容听不清，但他好像心情不太好。这是怎么了？

我从门缝往里看了一眼，只见博士站在门口跟一个人争执。

——那是客人？

我不禁浑身一僵。那人好像是我在实验室时过来的，当时我正忙着打扫，没听见门铃声。

对方的外貌细节都隐藏在博士的身体和大门的影子里，让我无法看清。不过——我还是勉强分辨出严肃的表情和一身黑色装束。

那家伙是谁？

争执持续了一段时间，随后，对方压低声音留下一句"我改天再来"，便点点头离开了。

博士苦恼地叹息一声，朝这边走了过来。我赶紧回到实验室内。

"谢谢你，真是帮大忙了。"

晚饭后，我在厨房洗碗，凯特一边擦拭餐盘，一边微笑着对我说。这还是我第一次听到别人道谢，实在不知如何是好，便含糊地应了一声。

"还要谢谢你关照爱丽丝。弗兰克对我说，你跟那孩子相处得很好。"

"很好？"

那态度哪里像关系好了？我只感觉她把我当成了讨厌的害虫。我如实回答，凯特却开心地说："是吗，那就算她是吧。"

我们谈论的爱丽丝已经跟父亲一道进了实验室。她似乎每天都会旁观博士做实验。时钟即将指向晚上九点，晚饭后还要继续工作的博士固然热心，但陪他一起工作的人也很是受用。凯特苦笑着说："真拿他们没办法。"

自从干起了仆人工作后，我发现博士和爱丽丝除了研究和学习以外，生活上十分邋遢。博士用过的洗脸台每次都胡乱摆放着牙粉和染发膏，爱丽丝也不遑多让，把衣服脱得满床都是。（有一回我不小心看到她房间，立刻被瞪了一眼说："吃白食的不准进来！"）一想到此前都是凯特一个人照顾生活邋遢的博士与爱丽丝，我就忍不住心生同情，不过她自己倒是感觉很幸福。

"埃里克，你累了吧？快去休息，剩下的我来弄。"

"知道了，谢谢。"

我也已经习惯了这个称呼。坦尼尔夫妇给我取的"埃里克"这个名字，如今已经深深浸透身体，甚至让我误以为那是自己的真名。

回到二楼客房，我拿起换洗衣物走向楼下。客房的浴室水阀好像坏了，出不了热水，我便用了一楼的共用浴室。平时这里都是爱丽丝在用，不过她好像还没回来，我便开门走了进去。

我把换洗衣物、浴巾和脱下来的衣服放在洗手台旁边，然后走进浴缸。在手上打肥皂时，我的目光落在自己身体上，看见残留在腹部和大腿上的大片瘀青。

每次碰到那些瘀青，我都能清楚回忆起父亲拳头落下带来的疼痛。

以及——至今仍留在手中的，那时的触感。

我把淋浴拧到最大。

我想让瘀青的疼痛和讨厌的回忆，全都随着飞溅的热水冲散。

关上淋浴，伸手取下浴巾，把身体擦干，从浴缸走出来，我心情沉重地擦拭着头发。就在那时——

浴室门开了。
爱丽丝握着门把,直愣愣地看着我。

我身上一丝不挂,双手还捧着浴巾按在头上,彻底僵住了。
爱丽丝的视线滑过我的身体。
——我跟爱丽丝凄厉的叫声响彻浴室。

※

"真不敢相信。"
爱丽丝的声音在颤抖。她目光中透着冰点以下的寒冷,脸颊泛起红晕。
"你这吃白食的,竟然擅自使用浴室还不锁门。到底神经有多迟钝啊,类人猿!"
"等等……没锁门是我不好,但凯特阿姨说我可以用这里。我可没有擅自跑进来。"
小时候,我曾经上完厕所出来,发现父亲站在门口,对我说"不要随便上锁",还把我揍了一顿。直到最近我才发现,那跟社会上的常识并不一致。来到坦尼尔家之后,我也会一不小心就忘了锁门。
浴室骚动十几分钟后,我们坐在一楼的客厅沙发上,故意隔得老远。
沙发前的茶几上摆着两杯热牛奶,那是凯特拿来的。刚才她听到尖叫跑过去,猜到发生了什么,便让我们到客厅沙发上坐下。随后她热了两杯牛奶,微笑着说:"接下来你们两个自己谈吧。"然后就留下我们走掉了。她可能想让我们和好,可我不知道该怎么做。

"U 国人早上才洗澡,你连这种常识都没有吗,吃白食的?"

可能我搬出她母亲的名字,让爱丽丝很不高兴,眼角吊得更高了。她一迭连声地叫我吃白食的,我的忍耐也超过了极限。

"就是因为知道,我才想在没人用浴室的晚上把事情解决啊。而且你又去实验室了,不知道什么时候回来。再说了,既然早上洗澡才是常识,你也应该等到明天早上再进来呀。"

莫非你要解手?我把这句话吞了回去。爱丽丝似乎也哽住了。

"今天我想早点儿把汗冲掉。可是……你也不能连门都不锁,还让女士看到如此下流的样子。大变态!"

"明明是你盯着我一直看。再说了,你怪我不锁门,我也可以怪你不敲门。"

明明是我自己说的,可我还是忍不住脸上一阵发热,慌忙把脸转开了。

我们陷入尴尬的沉默,唯独挂钟的嘀嗒声显得格外刺耳。

我向旁边一瞥,发现爱丽丝也满脸通红,低头咬着嘴唇。初次见面时的神秘气息和实验室的冷淡印象都潜入阴影,跟母亲一样的人情味却散发出来。

她摘掉平时的面具,羞得缩起身子,看起来就像跟我年龄相差无几的女孩子。

我看着她的侧脸——心中不知为何生出一丝安然。

搞什么呀,这家伙原来也有这种表情。

而且……这是为什么呢。

我之前并不觉得她有多可爱,可现在却无法从她脸上移开目光——

"不对。"

爱丽丝突然咕哝道。

"啊?"

"我才不是因为那个才看你……你的身体。只是发现,你真的浑身是伤。"

啊——

"抱歉……让你看到奇怪的东西了。"

听到我磕磕巴巴地道歉,爱丽丝摇摇头。

"那不怪你。我也,那个……并非完全没错。"

她这是在道歉吗?爱丽丝把头扭向一边,美丽白发间露出的耳垂跟她的脸蛋一样,被染成了粉色。

我不禁笑了起来。

不知道为什么,只是感觉刚才的争执好像笑话一样,待我回过神来,已经大笑不止。

在此之前,我可从未发出过由衷的笑。

"干、干什么啊?"

"没什么。"我把手伸向茶几,举起杯子看向爱丽丝。"快点儿喝掉吧,凉了可就浪费了。"

爱丽丝眨眨眼睛,害羞似的低下头,很快也拿起另一个杯子,跟我碰了杯。

※

如今回想起来,在坦尼尔家度过的短暂时光,是我人生中最幸福的日子。

只是——

那种幸福竟以最糟糕的形式,瞬间崩塌了。

第四章 蓝玫瑰（II）

涟注视着弗兰基·坦尼尔博士的蓝玫瑰，无法移开目光。

从中心向外围层层叠叠，妩媚艳丽的深蓝色花瓣。它与方才看到的"蓝调"紫色花朵全然不同。无论换作谁来看，这都是不折不扣的"蓝色"，在娇嫩欲滴的茂盛叶片衬托下，植株上共盛开着三朵纯粹湛蓝的玫瑰。

这是用颜料涂的吗，还是白玫瑰吸收了蓝颜色的水——他脑中闪过几个想法，但靠近观察后发现，那些都错了。眼前的蓝色，分明是花朵本身的颜色。

每朵花直径约五厘米，跟婴儿的手差不多大小。花枝上分布着尖锐棘刺，全都带着浓浓的蓝绿色，仿佛能生出新的花骨朵。

涟曾在新闻上看过一眼博士的蓝玫瑰照片。画面中的玫瑰严重缺乏现实感，仿佛将白玫瑰涂成了蓝色。因此，他不止一次怀疑那是伪造之物。

只是——

涟感到背后蹿过一阵战栗。绝对没错，这是真的。号称不可能实现的蓝玫瑰，如今就摆在他面前。

而且那种蓝颜色很深，仿佛在窥探幽深海底，甚至让人感到毛骨悚然——

"看见'不可能存在的玫瑰',感觉如何?"

弗兰基在三人背后问道。

"我可以说实话吗?"

涟的上司玛利亚·索尔兹伯里目不转睛地注视着蓝玫瑰说。

从某些角度看过去她那呈红宝石色的眸子,美丽的容颜,还有胸、腰、臀、腿的诱人曲线,以及将那一切平白浪费掉的装束——毛线帽底下探出卷曲杂乱的红色长发,胡乱解开扣子的上衣,沾满泥污的鞋。这位从各种意义上引人注目的怪异上司,如今正盯着蓝玫瑰一动不动。

"请讲。"

"它让我毛骨悚然。"

我猜也是——弗兰基笑了起来。

"这个消息公开后,有许多人来参观过,但没有任何人一开口就称赞它'美丽'。看来目睹了不可能存在的东西,人类首先会感到恐惧,而非美丽。"

无言以对。约翰、玛利亚和涟似乎都抱有相同想法,一个个无声地屏住了呼吸。

"不过,这太不可思议了。"玛利亚向蓝玫瑰伸出戴着手套的手。"明明感到异常恐惧,还是忍不住想触碰——"

"啊。"博士大声说道,"最好别碰它。'美丽的玫瑰都有毒'——这么说虽然有点夸张,但哪怕是隔着手套,也应该小心为上。毕竟这株玫瑰的刺很尖利。"

玛利亚猛地抽回手,随即眨眨眼睛,又摇了摇头。仔细一看,蓝玫瑰的花盆里果然插着"危险勿碰"的标牌。

涟很难责怪红发上司不小心,若他一个人站在这株蓝玫瑰前，难道不会做同样的事情吗？眼前这株蓝玫瑰，确实带有让人产生那种疑问的魔力。

"好了，各位有什么问题吗？"

"那我先来。"约翰轻咳两声找回状态，"我听说这株蓝玫瑰由新开发的基因编辑技术创造而成。老实说，我在看见实物前还有点半信半疑——看来是我错了。"

"我可没有发表虚假成果的勇气。"

看来的确如此。约翰点头道：

"于是我想问——这种技术是否能应用在人体上？"

弗兰基皱起眉。

"具体是指——"

"拥有超常运动能力的人，拥有超常智能和判断力的人——是否能用基因编辑技术，制造出那种'超人'？"

"喂，约翰！"

"尼森少校，那可是……"

"我知道其中还存在伦理问题。"约翰看都不看玛利亚和涟两人，直接回复道，"我还知道，几年前科学家们发表了关于人类基因编辑的声明。我只想知道单纯技术上的可能性。说句极端的话，假设敌国开发出相同技术，我们不能保证他们一定会遵从伦理，不进行超人研发。或许那种研发已经在进行中。所以我们有必要确定，那种技术能够在多大程度上实现——若可能实现，该如何应对。"

涟无法完全从字面上理解约翰的话。

这位青年军官应该没有说谎。可是，约翰本身是否考虑过，并不是仅有敌国才会展开那种违背伦理的实验——他无法从军官的表情上做出判断。

温室陷入沉默。坦尼尔博士闭起眼，随后又睁开。

"你提出的议题确实很引人深思。不过，要讨论这个需要一些时间。不如我们先回去，再讨论包括蓝玫瑰在内的一系列话题吧。"

※

"蓝玫瑰为何成为不可能的代名词，我们又是如何将不可能变为可能。刚才也说过，要理解这些，最快的方法就是搞清楚'别的蓝色花如何呈现出蓝色'。"

参观了几个实验室，回到一开始的会议室后，弗兰基开始给三人讲课。

"一般来说，负责呈现植物蓝色的物质叫作'花青素'。它不是一种特定的分子名称，而是一系列结构相似的有机色素化合物总称——存在于自然界的蓝色花，全都含有被分类为花青素的化学物质。"

"那么，只要把那个花青素放进玫瑰里，就能让花变蓝了？"

"事情没有那么简单。"教授歪着嘴，露出发现猎物的笑容，"蓝色花虽然含有花青素，但花青素不一定能让花变蓝。唯有环境pH值高于七时，花青素才能单独呈现蓝色。若低于那个数值，就会变成红色。"

"pH值？"

"就是氢离子浓度指数，用来检测酸碱性强度的指标。"涟翻着白眼说，"pH七为中性，少于这个数值为酸性，多于这个数值为碱性。你连这种中学级别的化学知识都不懂吗？想到你双亲目睹成绩单的情景，我就不禁为他们感到心疼。"

"少啰唆！"

玛利亚吊起眉毛，紧接着好像意识到了弗兰基和约翰的视线，慌忙咳嗽几声。

"换言之，若环境属于碱性，花就能变成蓝色，对吧。那又如何？除了玫瑰以外，世界上确实存在蓝色花不是吗？既然如此，不就意味着蓝色花为碱性，而玫瑰不是吗？"

"然而，几乎一切植物的体液都为酸性。"

"啊？"

"确切地说，是细胞组织里的'液泡'——也就是花瓣色素所在之处，pH 值约为五，呈酸性。液泡是酸性，但花青素在酸性环境下不会呈现蓝色。那么玛利亚·索尔兹伯里女士，你要如何解释这种矛盾？"

玛利亚皱着眉，右手点着下颌——几十秒沉默过后，她突然抬起视线。

"你刚才说'单独呈现蓝色'，对吧。意思是只有花青素还不行？还需要别的物质，使花青素能在酸性环境下保持蓝色？"

"没错。"博士露出赞赏的表情，"原来如此，是我失礼了。看来你的头脑意外灵光呢。"

"什么意思啊？"

博士并没有理睬玛利亚的睥睨，而是继续道。

"许多研究者证明，要让花青素在酸性环境下呈现蓝色，有两个要素非常重要。首先，是镁、铝这类金属离子。其次，就是被称为'共色素'、不具有颜色的辅助分子。这些物质与花青素结合，就能在酸性环境下保持稳定的蓝色——这就是目前研究证实的机制。"

"如果是碱性，就无须与那些物质结合，但如果是酸性，就必须与那些物质结合?"

"详细情况尚不明确。而且,就算花青素能在碱性环境下呈现蓝色,只有单体也无法变为很鲜明的蓝,还会随着时间慢慢褪色。接下来是我的猜想。要让花青素呈现出'鲜明且稳定'的蓝色,必须借助金属离子和共色作用,结合成一种立体结构,将分子内与发色相关的特定部位与周围的氢离子或水分子相隔离才行。在碱性环境下,氢离子数量较少,因此仅凭花青素单体就能完成某种程度的发色,但稳定性有限……原理或许是这样。"

话题内容越来越晦涩。博士可能察觉到玛利亚和约翰的表情变化,勾起嘴角笑了。

"细节理论先放在一边,总之花的蓝色来自花青素,花青素在碱性环境下呈现蓝色,理想的蓝色花需要花青素与金属离子、共色素相结合——只要能理解这些,应该就足够了。"

"此前之所以不存在蓝玫瑰,是因为缺少了花青素、金属离子、共色素其中一样——这么理解没错吧。"

听了涟的提问,博士摇头说"真可惜"。

"并非缺少其中一样,而是缺少全部。玫瑰花瓣既不存在呈现蓝色的花青素,也没有稳定蓝色必须用到的金属离子和共色素。换句话说,玫瑰这种植物,完全不含有任何开蓝花的必需要素。"

完全不含有开蓝花的……必需要素?

"也就是说——"约翰举起手,"要培育出蓝玫瑰,必须在里面编入与之相关的基因,对不对?"

"简单来说是这样。我刚才使用了'呈现蓝色的花青素'这种表述,事实上,并非所有归入花青素类别的物质都能呈现蓝色。决定花朵颜色的花青素主要有三种,以那些为基础的物质分子式为 $C_{15}H_8O_2(OH)_4$、$C_{15}H_7O_2(OH)_5$、$C_{15}H_6O_2(OH)_6$,能够呈现蓝色的只有第三种,也就是以 $C_{15}H_6O_2(OH)_6$ 为基础的分子——翠雀素及其糖苷。"

博士握住粉笔,在黑板上写下好似流程图的东西:

$C_{15}H_8O_2(OH)_4 \rightarrow$ 天竺葵素(黄)
↓
$C_{15}H_7O_2(OH)_5 \rightarrow$ 矢车菊素(红)
↓
$C_{15}H_6O_2(OH)_6 \rightarrow$ 翠雀素(蓝)

陌生的名词越来越多。括号内写着颜色,可能是指能够呈现那种颜色的色素吧。

"玫瑰没有合成翠雀素——确切地说,是没有合成 $C_{15}H_6O_2(OH)_6$ 的能力。"博士指着最底下那行说,"其他开蓝色花的植物,都具有以 $C_{15}H_7O_2(OH)_5$ 为起点,按照 $C_{15}H_7O_2(OH)_5 \rightarrow C_{15}H_6O_2(OH)_6$,或是直接从 $C_{15}H_8O_2(OH)_4$ 跳到 $C_{15}H_6O_2(OH)_6$ 的生物合成酶——我们姑且称其为 A。然而,玫瑰并不含有 A 这种酶。"

"为什么?"

"不知道。那可谓'只有上帝知晓'的秘密了。这句话的学术性表述是'在进化过程中发生了 A 酶的取舍',但我们无法从中推导出任何意图。生物并不会按照'自身意愿'来进化。只是偶尔逃脱了灭绝命运的种族,回头一看发现自己的形态已经改变。所谓进化的本质,就是如此单纯。

"——言归正传,由于玫瑰并不含有合成 $C_{15}H_6O_2(OH)_6$ 所需的 A 酶,因此无法生成负责呈现蓝色的翠雀素,只能生成天竺葵素和矢车菊素。这也是为什么大部分玫瑰花都呈现黄色或红色。"

"那白色、黑色和粉色如何解释?"

"白玫瑰是三种色素都无法生成的种类。黑玫瑰只是将红色素浓缩,让它看起来是黑色,实际仍与红玫瑰相近。粉色同属红玫瑰一种,不过是稍微缺少色素,呈现出了淡粉色而已。由此可见,根据生成色素的量和分布,可以决定玫瑰花的颜色。"

"那么色素的量和分布如何决定?"

听了涟的提问,博士竖起两根指头指向天花板。

"主要有两个关键点。其实不限于玫瑰,其他花也一样——

"首先是构成各个色素的 $C_{15}H_8O_2(OH)_4$ 或 $C_{15}H_7O_2(OH)_5$,又或者 $C_{15}H_6O_2(OH)_6$ 的生成量,用流程图来解释,就是'纵向'反应的程度。

"另一点就是这些基础物质形成各个色素的反应程度,用流程图来解释,就是'横向'反应。其实,三种'横向'反应都由每种植物的某种酶——我们姑且称其为B,来控制。B酶偏好哪一种路径,就是决定'横向'反应优劣的关键。

"纵向与横向反应的平衡,就决定了花朵色素含量,再延伸下去,就是花朵外表的颜色。"

博士在刚才的流程图上加了几笔:

$$
A \begin{cases} C_{15}H_8O_2(OH)_4 \xrightarrow{B} \text{天竺葵素(黄)} \\ \downarrow \\ C_{15}H_7O_2(OH)_5 \xrightarrow{B} \text{矢车菊素(红)} \\ A \downarrow \\ C_{15}H_6O_2(OH)_6 \xrightarrow{B} \text{翠雀素(蓝)} \end{cases}
$$

玛利亚用看杀父仇人的表情盯着符号越来越多的流程图。

"我有个问题。"约翰再次提问,"您刚才说三种'横向'反应被同一种 B 酶控制……那么,只要含有 $C_{15}H_6O_2(OH)_6$,玫瑰也能生成蓝色素吗?"

"没错,你脑子转得很快。说白了,缺乏 A 酶就是玫瑰无法呈现蓝色的瓶颈之一。要培育蓝玫瑰,首先必须解决这个问题。于是我们——"

"就从其他植物中提取生成 A 酶的基因,编辑到了玫瑰的基因里……是这样吗?"

博士点点头。

"换成专业一点的说法,就是使用限制酶、连接酶及载体将'记录 A 酶氨基酸序列的 DNA 片段'编辑到玫瑰 DNA 中。"

"不,请等一等。"玛利亚插嘴道,"现在我们手上有 A 酶,生成了蓝色素,到此为止我都理解。可是,为何能如此凑巧,只合成出蓝色素呢?'横向'反应另外两种,'$C_{15}H_8O_2(OH)_4$→天竺葵素'和'$C_{15}H_7O_2(OH)_5$→矢车菊素'路径去哪儿了?就算有 A 酶,那些路径也不会说让道就让道吧。在'纵向'反应进行到最后阶段前,'横向'反应完全可以中途超车,生成黄色或红色素不是吗?"

博士瞪大眼睛,像发现宝物一样露出满脸笑容。

"太棒了……实在太棒了。仅仅听了一次解说,就能理解到这种程度。我真想把你招进研究室来。"

"你把我当猴耍吗?"

"没有。"博士认真地摇摇头,"你说得一点儿都没错。仅仅注入 A 酶,并不能使玫瑰呈现出完美的蓝色。因为其他'横向'反应可能同时生成黄色或红色素。为避免这种现象,最单纯且最保险的方法，唯有改变 B 酶。要培育蓝玫瑰——换言之，要想只生成蓝色素，就要从源头上消灭 B 酶，用新的 C 酶将其替换，选择性单一生成翠雀素。"

博士的声音听起来闷生生，有点奇怪。

隔了一会儿，涟开口道：

"抑制 B 酶基因，导入 C 酶基因——这就是必须额外添加的工序吧。您的意思是，如此复杂的基因编辑，至少已在研究阶段可以实现了？"

"理论上说是这样。然而真实情况并没有如此简单。我们必须从数量庞大的碱基序列中找到目标基因，将其提取出来，再移植到正确位置——按照目前的技术水平，那简直是痴人说梦。现在研究者正在进行的工作，无非是用只切割既定位置的剪刀剪断 DNA，借助微生物——载体的力量将看似正确的片段送入细胞内部而已。目标基因能否编入正确位置，能否呈现出来，这些都要等植入载体的细胞真正长成后才知道。"

博士露出自嘲的笑容。

"说白了，我们只能完成刚才那份流程图的第一步而已。要创造蓝玫瑰，除翠雀素外，还要结合导入金属离子和共色素的种种基因一并编辑。'通过基因编辑创造蓝玫瑰'说起来简单，实际上要重复无数次试错。好了，约翰·尼森先生，让我们回到你的提问吧。"

博士注视着约翰。青年军人冷不防被点了名，身体僵住了。

"你刚才问'能否通过基因编辑创造超人'。我先说结论吧。虽然不能断言不可能，但要说十几年内能否达到应用水平，我的答案是明确否定。"

"因为需要操作的基因数量实在太庞大了吗？"

约翰的嘀咕声里混杂着不知是失望还是释然的感情。

连蓝玫瑰都要经过复杂的生物反应，结合各种辅助物质才能实现，在那个过程中，要编辑许多原本不存在于玫瑰中的基因。若要创造超人，更不知要经过多少生物反应，结合多少物质，需要探明并编入多少基因——光是想想就让人脑子发蒙。

"没错。但是，若将'人类'作为基因编辑对象，我们还要面对一个巨大屏障。"

"你是指伦理问题吗？"

"你觉得妄图创造'超人'的家伙，会去关心伦理问题吗？我说的问题更现实，那就是实验体的成长速度。拿玫瑰举例，经过基因编辑的细胞长到开花需要半年到一年，这从研究周期的观点来看，已经算非常长了。若换成人类，从受精卵到婴幼儿，再到完成整个成长期需要二十年。若长到一半出现致命副作用导致实验失败，又要重新开始一个十年。这不是比喻，而是真正的重新开始。"

"那是什么意思？"

"如果是植物，目前已经有了成熟技术，能够从成体截取任意细胞片，将其培育成基因完全相同的植株。那种技术俗称'克隆'。也就是说，假设有一个直到中途都算成功的个体，只要从那个植株上采集细胞，就能继续进行基因编辑。然而，目前还不存在使用脊椎动物体细胞完成克隆的案例。就算'超人'开发直到中途都算成功，一旦实验体成长为人类形态，就无法将其作为载体累积新的研究成果，必须重新开始所有麻烦的基因编辑。与其耗费这么多时间和精力去创造'超人'，还不如开发连超人都能一击毙命的高性能武器，反倒更快更现实。"

约翰一脸严肃地张开口，却不知如何反驳，只哼了一声便沉默下来。随后，玛利亚却说起话来。

"简而言之，'超人'研究太不切实际，对吗？"

"可以这样认为。当然那只限于将其视为杀戮武器的场合。"

"那——"

玛利亚的眸子折射出红宝石色。

"你为什么要创造蓝玫瑰？"

博士脸上终于出现了猝不及防的表情。

"如果说因为自然界不存在它，所以才要创造，那并不一定要是蓝玫瑰吧。还可以创造甜胡萝卜甜青椒，以及其他对人类有用的植物嘛。"

那只是你不喜欢吃的东西吧。涟心里想着，却没有说出口。

"你从无数选项中挑选了蓝玫瑰，理由是什么？"

持续的沉默。然后——

"哪有什么理由。"

博士夸张地耸耸肩。

"因为想创造，所以创造了，仅此而已。'蓝玫瑰象征着不可能，颠覆那种象征将是遗传工程学的一大进步'——我不会说那种话，因为那只是面向大人物和大众的宣传说辞。想必你也不愿听到那种不痛不痒的回答。

"我想创造，所以创造了，那对我来说是必然的结果，仅此而已。你问我为什么，就像问'你为什么喜欢喝酒'一样，是个过度深究便无意义的问题。"

博士反将玛利亚盯住。两人目光对峙片刻，红发上司肩膀松懈下来。

"知道了，看来我问了个很无聊的问题。"

"不，有这么一个说法：'从来没有无聊的问题，只有无聊的回答。'"

"是啊，最近我问过类似的问题，对方也跟你做了差不多的回答。"

涟屏住呼吸，约翰表情一沉。博士没有察觉他们的反应，而是勾起嘴角说了句"看来我跟那个人能好好喝上一杯"。

"各位还有别的问题吗？"

"前几天的公开发表提到——"涟开口说，"您成功应用新开发的基因编辑技术创造了蓝玫瑰。不过听您刚才的介绍，我还是无法抓住那种技术的全貌。公开信息中提到的'有效生成基因的技术'具体是什么，能请您详细说明一下吗？"

"很遗憾，现在还不行。因为学会论文集还没出来。不过理论本身很简单，只要有基因表述的基础知识，很快就能理解了。详细阐述的论文下个月就会公开，你可以读读看。"

很敷衍的回答，但涟并没有追问下去。既然论文会公开，只要过后细读即可。接下来就轮到他们（用作见面借口）的问题了。

"要改变基因，首先应该在最初阶段解读DNA碱基序列。请问这方面的技术发展到何种程度了？若能将DNA解读技术应用在犯罪调查上，是否能期待它实现比血型更详细的个人识别呢？"

"你是说DNA鉴定吗？我也听说过那个，应该再过几年就能达到应用级别吧。"

他吃了一惊，这比想象的还要快。

"不过目前正在研究的只是从DNA内截取一段特定碱基序

列，根据片段长度不同进行粗略识别而已。可供辨别的序列充其量只有几十种，应该称其为'DNA型判定'更准确。从头到尾正确解读每一个DNA碱基序列，是一个需要应用DNA合成反应的复杂而繁重的过程。按照目前的技术水平，要解读一个人的DNA，恐怕需要好几十年。DNA鉴定技术严格意义上达到应用级别，至少要等到下个世纪吧。"

那就是说，道阻且长啊。

不过，目前能辨别的序列虽然只有几十种，但已经比ABO血型多了很多。若DNA解读技术早发展十几年，曾经的水母船案恐怕就不会发生了。

"还有别的问题吗？"

"在你公开发表研究成果前，A州一位牧师也发布了蓝玫瑰的消息。你对他的蓝玫瑰怎么想？"

"难以置信。"博士马上回答，"那要么是假的，要么是天大的好运气。经过刚才的解说，你们应该都知道为什么了。"

"从遗传学角度来看，玫瑰缺乏一切生成蓝色花的要素——可以说，靠自然培育填补那些空缺的概率基本接近于零，对吗？"

"没错。我不会断言那是假的，因为不进行反证就做出妄断，这违反了科学家的原则。只是我要着重强调，我认为前者的可能性非常高。若对实物加以调查，很快就能搞清楚——还有别的问题吗？"

"那我再问一个问题。"玛利亚举起手，"你打算拿自己的蓝玫瑰怎么办？"

"你的意思是？"

"你把它创造出来，肯定不会扔下不管吧，毕竟它不是孤儿。别告诉我你什么都没想过。"

弗兰基脸上瞬间闪过不知是愤怒还是悲哀的表情——或许只是错觉。

一阵沉默之后，博士浅笑着回答："这你不用担心。已经有好几家企业找我商谈商品化事宜，我也提交了专利申请。只要再克服几个需要改善的细节，很快就能在市场上看到蓝玫瑰的身影。"

看来确实有商品化的打算。既然创造了蓝玫瑰这个惊人成果，其他企业和研究机构应该也对博士的技术垂涎欲滴。正如这回代表军方前来的约翰一般。

不过，涟却感觉弗兰基的语气有些奇怪。

自己的成绩极有可能带来巨大利益，但态度上却仿佛事不关己。尽管那也可以解释为缺乏物欲的性格。

"我们非常期待。"

为避免被误会为挖苦，涟慎重地回了一句客套话。

"不过——"约翰好像突然想到什么，"说到市场化，你准备怎么称呼蓝玫瑰？"

"称呼？"

"新品种玫瑰基本上都有特殊命名。我有个钟爱玫瑰的亲戚，经常告诉我各种玫瑰名称的由来。我记得那位牧师的蓝玫瑰也有个名字，好像叫'天界'吧。"

好大的架子啊，玛利亚狂妄地评价一句，又看向弗兰基。

"你的蓝玫瑰呢？是不是也有个装腔作势的名字？"

"没有。那只是成百上千个样品之一，除了序列号没别的名字。

"不过，这个嘛……如果硬要起个名字——"

弗兰基顿了顿，仿佛想到了有意思的俏皮话。

"就叫'深海'如何？"

※

结束跟坦尼尔博士的会面，涟一行离开了生物工程学大楼。

约翰说要去空军基地一趟，与两人道了别。他说要去取附近行政州发生的山体滑坡灾后重建工作资料。"难得碰面，要不要去喝一杯？我让你请客好了。"面对玛利亚的邀请，青年军人苦笑着拒绝了。

两人穿过校园走向停车场，看见一名女性从对面走过来。

那是个东方人，年龄三十五岁以上，留着一头黑色中长发，有一双黑色眸子。她戴着粗框眼镜，身穿西装，脚踩高跟鞋，左手拉着行李箱。看起来就像到国外出差的保险推销员。

女性一手拿着貌似地图的纸片，带着困惑表情四下张望。她好像迷路了。

就在那时，她注意到了两人。

"不好意思，我想问问——"

口音浓重的U国语言让涟感觉很熟悉——那是J国人常见的突出元音语调。

"您有事吗？"

涟用J国语回问一句。女人仿佛在沙漠里见到绿洲，整张脸明亮起来。

"那个，不好意思，请问您知道生物工程学大楼在哪里吗？"

那是涟他们刚刚离开的地方。于是他指着身后那条路，并在地图上点明她的所在地和目的地。女人脸上露出如释重负的表情。

"真是太谢谢了。我头一次来这里,有点找不着北……真不知该如何感谢您。"

"请别在意。话说回来,您到这里来是为了公事?"

"算是公事吧。其实我在一所大学的研究所工作,这次相当于来进行实地调查。"

看来她不是外交工作人员。涟又问了一句她的工作单位,是他也听过的著名国立大学。

"涟,你们在用土星话聊什么呢?是熟人吗?"玛利亚一脸奇怪地问道。

"啊,真抱歉。"女人用英语向她道歉——表情也僵硬起来。她把玛利亚从头到脚看了一遍,似乎不喜欢那种邋遢模样,目光略显不友好。

"干什么,怎么了?"

玛利亚对此毫无察觉。女人猛地抬起头,干笑着说:"啊,呵呵呵。"

"真不好意思,祝你们愉快。"

她点点头,拉着行李箱走了。轮子声渐渐远去。

"搞什么啊,J国人怎么都这么奇怪。"

"我觉得你没资格说人家吧。"

你什么意思——玛利亚吊起了眼角。

两人回到F警署不久,多米尼克又打来了电话。

※

"欢迎光临,索尔兹伯里女士,九条先生。"

罗宾·克利夫兰牧师低沉的声音响彻整个教堂。

他与"牧师"和"玫瑰培育家"这些头衔给人的印象截然不同，结实得像座小山。五官鲜明，身高一百八十几厘米，穿着一身黑袍，身形不胖不瘦，同时肩膀很宽，给人一种坚定的感觉。

"看他那样子，感觉以杀人为副业啊。"

玛利亚在涟耳边咕哝了一句很失礼的话。罗宾似乎没听见那句耳语，面不改色地说："那么，两位这边请。"随后转身迈开步子。

这里是P市郊外，培育出蓝玫瑰的另一位人物，罗宾·克利夫兰牧师的教堂。

教堂非常质朴，除了教坛和几排长椅，并没有称得上装饰品的东西。每到礼拜日，这里应该会聚集许多教徒，但今天周六，周围空无一人。

两人跟在罗宾身后走出正门。回头一看，相交成钝角的屋顶下方，恰好在门顶上的墙面固定着一个大十字架。这里没有一般人印象中那种竖立十字架的尖顶，而是像民众聚会场所一样的普通建筑。

两天前的夜里，涟和玛利亚回到F警署，等待他们的是来自多米尼克的新委托。

"这次要去拜访罗宾·克利夫兰牧师——是吗？"

"不好意思，上头说'最好找同样的人去确认'。"

多米尼克的声音有点踌躇。涟把话筒递给红发上司，她皱着眉与多米尼克开始讨论。

"喂，我是玛利亚·索尔兹伯里……等等，又来？"

"……对，是真的……坦尼尔教授？嗯，确实是个怪人，不过我猜教授应该算非常优秀的研究者……哈？什么意思？……不，没有。这只是我身为外行人的第一印象：那些专业知识非常高深。"

"知道了，下次你要请我喝酒……两杯？太少了。四杯才行啊，四杯，这已经是最低要求了。"

经过一轮又一轮秘密商定，涟与玛利亚决定今天来拜访另一位蓝玫瑰创造者——罗宾·克利夫兰牧师。

这是他们早已预料到的结果。既然已经打探了制造蓝玫瑰骚动的其中一方当事人，就没理由放着另一方不管。

尽管如此，他们还是不知该用什么理由去拜访。因为跟弗兰基·坦尼尔教授不一样，这次的对手并非遗传工程学专家，故无法使用技术性咨询的借口。但直说这次目的是调查某件事，恐怕又与P警署的意向不符。

想来想去，他们决定以邀请他演讲为借口。

一点一滴的努力最终转化为成果，这样的事迹能对警官们产生极大鼓励。不知您能否为我们讲讲心路历程——尽管借口无比滑稽，但可能有了警署这个光环效应，对方很快便答应下来。由于工作日安排了布道活动，礼拜天又很忙碌，他们便紧急商定今天，也就是周六先见一面。

——不过话说回来，他们依旧看不透P警署的目的。

可以看出他们在打探跟蓝玫瑰有关的事，然而那件事到底是什么？为何不直接动用P警署的人，反倒来委托F警署？不明之处实在太多了。

涟和玛利亚带着那些没有答案的疑问，走在罗宾后面。

绕过教堂来到后面，可以看到环绕教堂的红砖围墙——面对正门左手边的围墙深处，有一扇陈旧的木门。

这种地方有门,莫非是偏门吗?但旁边应该是邻居的——

涟尚在疑惑之时,罗宾已经把门打开。两人被请了过去,眼前现出一片大花园。

干燥的土地,环绕土地的围墙,攀附在围墙上的植物。左手边往前看有一扇貌似正门的大门,同样是木板制成。那扇门关着,看不见外面的样子。

涟两人的正前方,是一座四面都被百叶窗遮盖的小屋。

百叶窗缝隙间闪出玻璃光泽,还能窥见褐色的藤蔓和绿叶,以及一片泛蓝的影子。

那是一座温室。正面宽数米,长近十米,跟昨天在 C 大学见到的温室相比明显简陋一些,但作为私人温室而言,已经很不错了。百叶窗似乎是后来安装上去的,顶端横杠装有小钩子,可以直接挂在玻璃上。

"我在那里进行玫瑰培育。"罗宾把视线转向温室,"这里原本是教会附属的孤儿院,但很久以前关闭了,连建筑物都被拆除,只剩一块空地。于是我便将它改造成了玫瑰园。"

这里原来是附属设施吗?被他这么一说,此处的围墙材质确实跟教堂一样。

"虽说是玫瑰'园',目前也只有那座温室而已。这一带气温高,雨水少,夏天必须进行遮光管理——请进。"

罗宾停在温室前,把门打开。

涟和玛利亚一起走进去——然后愣住了。

眼前是一整片蓝玫瑰。

数不清的藤蔓覆盖了墙壁、窗户和天花板,而那些藤蔓上都盛开着直径七厘米左右的花朵，娇嫩的蓝色花瓣层层叠叠。

花瓣颜色很浅，与其说蓝，倒更接近浅蓝色。然而，那确实是无可否定的"蓝玫瑰"。如同初春的天空，富有透明感的浅蓝。

"真美啊……"

两人忍不住脱口而出。坦尼尔博士的"深海"更让人感到畏惧和妖异，而这片覆盖温室的蓝色花朵，却如同在草原仰望天空，让人无比安详。

——原来如此，真不愧是名为"天界"的花朵。

温室还开着许多红、黄、白色玫瑰，有的直接种在土地里，有的生长在花盆中。不过，半数以上的花都是蓝色。本以为会看见 C 大学的"深海"那般长在花盆里的单一植株，完全没想到会盛开如此大一片。

"能得到你们的称赞，我感到很荣幸……不过，我只是进行了培育而已，若你感觉这些玫瑰很美，是因为你自身理解了玫瑰的美。"

他的声音虽然厚重，回答却异常谦虚。涟不着痕迹地开始了提问。

"我想您已经接受过无数人的提问，能否请您告诉我，这些蓝玫瑰是如何创造的？您从一开始就打算创造蓝玫瑰吗？"

"不。"牧师摇摇头，"我尝试过将不同种类的玫瑰进行杂交，以实现品种改良，但从未主动考虑过培育蓝玫瑰。这座温室里的花并非全由我从零培育而来，其中也有许多信徒和朋友熟人赠送的植株。我将那些植株种在花盆或土地里，偶尔进行杂交——很长时间以后，一盆新植株就开出了'天界'的母株。仅此而已。说句傲慢的话，这可谓上帝给我的馈赠。你要我重现培育过程，等于期待上帝的奇迹再现——这恐怕与两位想听到的话有些出入吧。"

"不，请您不用担心。我们署长也希望能请您跟他交流交流。"

这是真的。看来位高权重者看重权威的现象并非仅限于 J 国。

"我听弗兰基·坦尼尔博士说，蓝玫瑰基本不可能自然生成？"

玛利亚问了个挑衅的问题。罗宾连眉毛都没动一下。

"我在报纸上看到了，真让人悲痛……不过如二位所见，'天界'确实存在。科学是为了解释现实，而现实并非为证明科学而存在，既然如此，现实与科学哪一方更优先就很明显了。当然，我想那位教授也很明白这点。"

确实，弗兰基只说"造假的可能性非常高"，并没有明言百分之百不可能。

仅以外行人的眼光来判断，罗宾的"天界"跟弗兰基的"深海"一样，看不见人为加工的痕迹。涟还把脸凑过去仔细观察，并没有发现用颜料上色的痕迹，也不像吸收蓝水形成的效果。

真实无误。这种淡蓝色是花朵本身的颜色。

若罗宾的话没错——莫非他真的在目睹上帝的奇迹吗？

"你这些跟坦尼尔博士的完全不一样呢。不仅是花朵，还有整体形态。"

玛利亚换了个问题。

"'深海'开在花枝上，而覆盖温室的'天界'则开在藤蔓上——当然，也有种在花盆里的'天界'，那些则更接近枝条的形状。"

"区分玫瑰的方法除了花色，还有藤本和木本之分。"

罗宾一谈论起玫瑰，语气就变得平和清澈，与他严厉的外表截然相反。

"但实际上,两者的界限非常暧昧。将藤本玫瑰放到不同气候的地区,有可能变成木本,相反情况也经常发生。根据环境不同和培育方法差异,很容易发生性质改变。这点无论玫瑰还是人都一样。"

哦——玛利亚感慨地咕哝道。

"那我想问,你对通过基因编辑改变生物形态这件事有什么想法?"

玛利亚的言外之意是:你是否认可弗兰基的蓝玫瑰。

罗宾闭起双眼回答:"罪孽深重。我对探讨生命进化的学说不发表任何意见。只是,凡事皆有禁忌。生命改变形态,应该停留在自然演变的范畴之内。人类不可恣意越过那条边界线。"

"那也包括品种改良吗?"

从另一种层面上看,人工杂交品种也属于基因改造。牧师如何将其与DNA级别的基因编辑进行区分呢?

"若站在人类不可进行任何干预的立场上,我的手也被玷污了。然而,花粉可以乘着风和鸟儿跨越大海,在另一块大陆的花朵上着床结出果实,那么我就不认为,将两种不同的花粉通过人手交换是一种罪孽。假设那是罪孽,那么连接不同大陆的船舶和飞机也都是罪孽。"

如果说这些都是自我辩解,那我也无从解释了——罗宾浅笑着补充道。

"性质相异者结合在一起,会诞生新的可能性。生命本质便是如此,也应该如此。若用超越那个道理的方法创造生命,那就意味着人代替上帝去编织命运,倾听祈祷,导向幸福——然而,人类果真拥有如此超凡的力量和责任感吗?"

他们声称下午还有别的事情，上午便结束了与罗宾·克利夫兰的会谈。

回到讲堂后，双方简单商谈了到F警署演讲的事宜。牧师爽快答应下来，但由于年底年初教堂工作繁忙，再考虑到警署内部需要一个通知时间，他们便暂时约定一月中旬以后再确定演讲时间。

"好麻烦啊，明明只是讲个话，为何如此费事。"

从P市的回程，玛利亚在副驾上咕哝道。

虽说是自然发展，但现在偏偏导向了牧师到警署说教的结果。这位没有一丝信仰的红发上司会不高兴也很难怪她。

"因为细节处自有神啊。"

涟随口回了一句，心思早已飘向别处。

在涟看来，罗宾·克利夫兰的为人并没有过分跳脱牧师的范畴。

他一方面持有较为进步的思考，而从他口中的话语判断，同时也抱有身为圣职人员的坚定信仰。被问到蓝玫瑰由来时，他的回答很淡定。且不论外表的严厉，至少从今天的对话来判断，他并不像那种牵扯到可疑事件的人。

从教会回来，他们绕道P警署向多米尼克做了简单汇报。银发警官一脸烦恼地说："这样啊……不好意思，麻烦你们了。"

"你那边究竟在密谋什么，之后可得详细告诉我，听到没有。"

好啊，多米尼克苦笑着回答。

然而，罗宾·克利夫兰终究没能到F警署演讲——

倒是多米尼克答应的"详情"，以一种出人意料的方式早早到来。

※

翌日——

涟在玛利亚住处附近的电话亭里转动着号码盘。昨晚一直下到天亮时分的雨让窗外街道反射着水光。

不知播了第几十次号码，听筒里才传来比平时更闷闷不乐的声音。"喂……"

"玛利亚，请你快起床。我们接到案子了，要马上赶往现场。"

"案子？"

上司的声音还充满睡意。

"查什么案子……我不是被赶出调查组了嘛。而且……今天休息。"

"你几十年前就知道警官的休息日总是要被毁掉的吧。"

跟你说了我不是老太婆——他不理睬话筒另一头的叫喊，而是把刚才接到的紧急联络内容说了出来。

"弗兰基·坦尼尔博士被杀害了，有人在F市的别墅发现了遗体。"

第五章 原型（III）

成为坦尼尔家一员的一个半月后——

这天一开始也跟往常一样。

我跟凯特一起准备早餐，与博士和爱丽丝同桌吃饭。收拾洗漱完毕后，又把家里打扫了一遍。接下来是给博士当实验助手——当然只是准备一些玻璃器皿和样本，相当于打杂。在此期间，又到后院看凯特如何打理玫瑰。

"把剪刀对准那根枝条，方向……对，就那样——"

在凯特的指导下，我用力合上园艺剪。可能因为拿的姿势有问题，剪刀感觉特别僵硬，挣扎许久，总算听到"咔嚓"一声，枝条落到地面。

"就像这个样子。埃里克，你很有天赋啊。"

"是、是吗？"

只是剪一根枝条而已，就能看出天赋好坏吗？我这个外行人很难判断。

根据凯特的说法，我刚才做的工作叫"剪枝"。将多余的枝条切除，可以令植株外形更美观，开出的花朵也更好看。据说那是培育玫瑰必不可少的工序。

"然后你把带有记号的枝条都剪掉吧。"

"嗯——"

把剪刀伸向下一根枝条，我心中突然冒出含糊的疑问。

"那个……"

"嗯？"

"一定要把枝条剪掉吗？"

凯特眨眨眼，抬起食指抵着他的脸蛋。

"这个嘛——虽然不是绝对，但在培育漂亮玫瑰的观点来看，是必须完成的工作。"

"为什么？那不就事与愿违了吗，毕竟是好不容易培育出来的枝条。"

"如果想让一个植株尽可能多开花，那你说得确实没错。可是，要让花开得漂亮，就需要很多营养。每个植株一次摄取的营养有限，如果让植株尽量多开花，那分配给每朵花的营养就不够了。所以，就要修剪枝条减少花的数量，把营养留给剩下的花。这就叫'剪枝'。"

减少数量，把营养分给其他花……

道理我懂，可是——

内心深处无法接受凯特的解释。

——我就不该把你生下来。

母亲的话语重新在耳边炸响。可能发现我表情有异，凯特略显为难地皱起了眉。

我把剪刀抵在下一根枝条上，却无法动手。

被选中的枝条会变得很好。可是——

没被选中的枝条怎么办？

没被选中的枝条，就只能被剪掉，迎来死亡，把营养让给被选中的枝条吗？

※

我带着沉重的心情，开始听博士讲课。

"之前讲到过，基因决定了生物形态，那么对基因加以改造，就能改变生物形态。然而事情并没有如此简单。因为目前'基因改造'的方法完全不成熟。将目标基因以百分之百的概率导入对象DNA的目标部分，凭借目前的技术水平，那还是个比梦幻还梦幻的理想。"

"那么，爸爸怎么创造了蓝玫瑰呢？"

爱丽丝问。

我也不知道，不过爱丽丝没去上学。她要么在家接受博士的教育，要么一个人看书学习。今天早上，爱丽丝也独自在客厅里看远超七年级水平的晦涩书本，还拿着铅笔记笔记。

"那当然是靠运气啦。这不是开玩笑。我只是不断修改条件，制作了大量样本而已。爱丽丝，你不是也来帮过忙吗？"

爱丽丝可能想起了什么，点了点头。博士继续道：

"麻烦在于，进行过同样处理的样本并不一定能开出同样的花。差不多上千个样本中能有一个达到目的就不错了。于是就要在数量庞大的样本群中挑选比较接近理想的样本，继续加工制作出新样本，然后继续筛选……说句实话，现代的遗传工程学说白了就是反复进行这种简单试错。"

我按住胸口。

今天的内容比平时更好懂，可是——我心里突然涌出了类似嫌恶的沉重感情。

"埃里克,你怎么了?"

博士疑惑地问道。在那种突如其来的感情推动下,我吐出了疑问。

"剩下的呢?"

"剩下的?"

"没被选中——没达到目的的样本会怎么样。如果是千里挑一,那剩下的九百九十九个呢?"

"那要看情况了。"爱丽丝困惑地回答道,"一般都会采集数据,然后到此为止。部分样品会被保存起来,不需要的便直接废弃……那有什么问题吗?"

真不知道你在介意什么——少女平淡的语气让我彻底失控了。

"因为不满意,就可以扔掉吗?"

"啊?"

"只有符合期待的人才有价值,除此以外的人就毫无价值吗?"

我的声音在颤抖。连我自己都无法理解的怒火,支配了嗓子和双唇。

——要修剪枝条减少花的数量,把营养留给剩下的花。

——这就叫"剪枝"。

"没被选中的人,就跟垃圾一样吗!"

我扔下那句话,跑出了实验室。

"埃里克?!"

背后传来爱丽丝的叫声,但我没有停下脚步。我边跑边听到母亲的声音在脑中回响。

——你怎么连这种事都不会做?

——我就不该把你生下来!

我虽然一直被父母否定,但博士一家人毫无怨言地接纳了我。我是否有活下去的价值?跟他们在一起的生活,让我渐渐忘却了那个疑问。

然而我错了。

——挑选比较接近理想的样本……

——不需要的便直接废弃。

不需要没用的东西。博士他们原来也这样想。

我用一只手不断擦拭眼睛里溢出的东西。

搞什么嘛。

原来我根本没有归宿……

回过神来,我已经离开宅邸,来到树林中。

现在还是白天,周围却如傍晚般昏暗。抬头看向迎风摇曳的枝叶,缝隙间露出了灰色层云。带着湿气的泥土气味执拗地涌入鼻腔深处。

方才的冲动像幻觉一般早已消失,反倒是强烈的不安和后悔让我心头一紧。

我不知不觉走上了山坡,树木间还能俯瞰到山林一角。其中有一片开阔空间。

那是坦尼尔家的房子。它离得这么远,再退开一些,恐怕就回不去了。

回去?刚才说了那些话,我还有什么脸回去。

可是,离开宅邸后我无处可去,身上也没有钱。来时身上虽然带了一些钱,可都被我塞进客房抽屉里了。

几经踌躇之后,我开始向坡下走去。

回去一趟吧。

不管要去哪里，都得先把钱拿回来。我给自己制造了这个借口，开始在树林中折返。

花了好长时间，我终于回到宅邸。

实在没有勇气走正门，我就从林子里绕到后院。确定周围没人后，我翻栏杆进去了。

就像小偷一样……不，我进去是为了拿走放在里面的钱，在旁人看来根本就是小偷。

我弓着身子，静悄悄地沿着墙角前进。就在我打算伸头窥探门口时，突然听见了开门声。

"您有事吗？"

我慌忙躲在墙壁阴影里。那是博士的声音。一开始我以为自己被发现了，然后才意识到那不是对我说的话。

门口有人。除了博士以外，那里还站着第二个人。

"不好意思，我是——"

那是个年轻男人的声音。莫非是客人？我偷瞄一眼门口，险些叫出声来。

是警察。

那个瘦高的警察身穿制服，头戴警帽，正向博士出示貌似证件的东西。

我感觉心脏都要停跳了，再度缩起身子。警察并没有发现我，而是兀自说道：

"一个半月前，镇上有个男孩子失踪了。他十二岁，身高一百五十厘米左右，有淡褐色头发和绿色眼睛。名字叫——"

本来很清晰的声音，突然飘远了。

是我。

来到这里一个半月,因为日子过得平静,我已经快彻底放下心来。看来我太天真了。警察终于还是追查到这里来了。

我听见轻微的沙沙声,应该是警察取出了我的照片。过了一会儿,我听到博士的声音。

"失踪这个词可有点吓人啊,出什么事了?"

"不,也没什么大事。这小子好像杀了亲生父母,拿走家里的钱出逃了。"

被推落地狱——我在父母家都从未有过这种感觉,如今却初次尝到了。

博士知道了。

那天我犯下的罪行,博士终于知道了。

"哦?"

博士只应了一声,我从这里无法看见他脸上的表情。

"行凶现场是少年的家。详情我就不说了,总之少年失踪,母亲的钱包不见了。我们考虑过入室抢劫的可能性,但现场没有被闯入的痕迹,于是我们就起疑了。就在昨天,我们在城里到这座宅子的路上发现了那位母亲被掩埋的手包。而且被抽空了钞票的空钱包也放在里面。

"其实是领导家的狗跑出来,在那种地方刨到了证据,所以我真是搞不明白这个世界。明明是休息日,却被叫出来搜查,真是太倒霉了——不过这种话说了也没用。

"总而言之,我想向您确认,少年是否来过这个方向。"

我从心底里诅咒自己的疏忽……为什么不扔到更远的地方去呢?

那一瞬间仿佛永恒。然后——

"我见过一个外貌相似的小孩，不过那已经是好几周前的事情了。"

博士宣告死刑的话语贯穿我的耳膜。

真的吗——警察追问道。

完了……我逃不掉了。

然而——

"我夫人发现他倒在门前，就问他从哪儿来的。结果他什么都不回答，自己走掉了。所以我也不知道他目前在哪里。"

啊？

我怀疑自己听错了。博士仿佛在说我到达宅邸那天马上就离开了。

他没有提到让我当助手，没有提到我在这里生活，也没有提到我刚才跑了出去。

为什么——

"您知道少年往哪条路逃走了吗？"

"我见他像是朝山上跑了，但没去确认。他可能爬到山上去，也有可能又从别的地方下山了……不管怎么说，一个小孩子要翻过山去恐怕很困难，所以他有可能折返到镇上去了。"

"您刚才说那名少年几周前来到这里对吧，当时为何没有告知警方呢？这个案子新闻也播报过。"

"真不巧，我家没订报纸，而且电视信号很难传到这么偏僻的地方，无法收看。更何况，我也没想到那孩子竟是凶案嫌疑人。这话当着你的面说可能有点冒犯。我也考虑到一般老百姓动辄报案，可能会给警方添麻烦。毕竟这张照片上的孩子跟我碰到的孩子不一定是同一个人。尽管如此，如果你觉得我没有正确应对，那我只能道歉了。"

"没什么,不用了。感谢您的配合。"

脚步声远去。门另一头传来引擎声,随后也消失不见了。

不知过了多久,一串轻盈的脚步声向靠坐在墙角的我走来。

"埃里克。"

那是个安静的声音。白化病少女正注视着我。平时吊起的眼角,如今却痛苦地垂了下来。

"爱丽丝——"

"快进屋吧,爸爸妈妈都在等你。"

※

在爱丽丝的催促下,我打开前门,发现博士和凯特都站在起居室里。

博士抿着嘴,凯特皱着眉,都在看着我。

可是——他们的目光并不像我父母那样充满愤怒和轻蔑。

一阵短暂的沉默……然后——

"欢迎你回来,埃里克。"凯特露出了跟往常一样的微笑,"你怎么能随便跑到外面去呢,外面那么危险。"

为什么……

为什么这些人听到那种事,还能对我微笑呢?

"出什么事了?如果你不介意,可以说说看吗?"

她第一次见到我时也提了这个问题。

我低下头——沉默许久,终于给出了那时没能说出口的答案。

那天夜里,我像平时一样,在起居室被父亲殴打。

母亲一味冷眼旁观。若换作平时，殴打会一直持续到父亲气消为止。然而那天，我终于不小心说出了那句话。

为什么打我，你是不是讨厌我——我记得，当时嘴里断断续续吐出了那样的话语。

父母脸色骤变。

可能因为被没出息的狗反咬一口心有不甘，也可能因为惊恐于我发现了他们的行为深意，总之，父亲殴打的力道更大了——我踉跄倒地，他甚至扑过来掐住了我。

他要杀了我。

母亲根本没有上前阻止，而是露出毛骨悚然的笑容俯视着我。

我脑中似乎有什么东西，"咔嚓"一声绷断了。

我不知从哪来的力量，下意识抓住滚落地面的酒瓶——父亲的酒瓶，朝他头上砸去。

一声巨响，瓶子碎了。

无数碎片撒落下来，割伤了我的脸。父亲发出一声闷哼，倒在我身上不动了。

我奋力从父亲身下爬出来，甚至没发现自己还握着断掉的瓶颈。

再回过头，母亲一脸惊愕地愣在原地。但很快，她便猛地抓过桌上的水果刀，一脸狂怒地向我扑过来。

我不由得缩起身子——瞬息之后，听到了野兽般的号叫。

我捏在手上的瓶颈深深刺入了母亲腹部。

看来，我下意识伸出了握着酒瓶的手。水果刀从母亲手上滑落，掉在地上发出响亮的声音。我松开瓶颈，她的身体也瘫软在地。一片鲜血弥漫开来。

之后的记忆有点模糊。

等我回过神来，发现自己将母亲身体翻转，慌忙用衣服擦拭着扎在腹部的瓶颈。我不知道自己从哪儿学到了指纹这个概念，可能是学校图书室那些面向儿童的侦探小说吧。

母亲的手包放在起居室沙发上。我一把抓过来，逃出了家。

因为我很害怕。

并非害怕自己杀死了父母。而是想在那两个人爬起来之前尽快逃离这里，越远越好，否则我真的要被杀掉——那种恐惧成了推动我前行的唯一动力。

周围包裹在黑暗中，枝叶的喧嚣让人毛骨悚然。

没有人来追我，也没有人谴责我。最后，我耗尽体力，气喘吁吁地倒在路旁，早已不知自己身在何处。因为我的生活只限于家与学校两点一线，一旦离开上学道路，便进入了完全陌生的世界。

后来我才知道，父母家在住宅区之外，与最近的邻居也有数百米之隔。父母对我的暴行之所以没有曝光，也可能得益于地理优势。

等到呼吸平静下来，最开始的冲动也平息后，我又感到了新的恐惧。

今后该怎么办……

周围似乎没有人。可万一有谁经过，看到我便去报警，我肯定要被抓回去。尽管如此，我也不知道该往哪里逃，不知道在哪才能逃过那两个人的魔爪，平安活下去。

我还抓着母亲的手包。打开检查，从钱包里拿走纸币和硬币之后，我便在路边树下用手挖了个坑，把包埋了进去。

我得走了。

我不能留下来，更不能回去。如今只剩下一个选择，就是在黑夜中埋头前行。

走过一段漫漫长路，爬上山坡——我便来到了坦尼尔家。

"原来是这样。"

凯特喃喃道。她淡蓝色的眸子似乎强忍着痛楚。

"对不起——"

坦白一切过后，我只能挤出一句微不足道的歉意。

"那你打算怎么办？"

"怎、怎么办？"

我没有选择，只会被交给警察，难道不是吗？

"如果你想自首，我不会拦你。这个判断不应该由我来做。"

——真不敢相信。

刚才警察上门时，博士也谎称我当时马上就离开了。他明知道一旦事情败露，后果将会不堪设想，还是包庇了我这个杀人凶手。

为什么——

博士可能察觉到我的疑惑，再次开口道：

"我没有说谎，只是隐瞒了一些事实。而且从刚才那些话判断，你的行为本来就不能称为杀人。那应该是正当防卫，或者说不幸的事故。当然，逃跑和拿走现金的行为可能会受到惩罚。"

为什么他们会相信一个陌生人？

"我当然相信你。当我看到你身上的瘀青时，就跟凯特商量好了。

"因为，我也跟你有过相似的境遇。"

——啊？

　　"八岁那年，我被那家人收养了。我不记得自己真正的双亲，早在懂事前就被孤儿院的人回收，辗转换过几个寄宿家庭，最后成了那家人的养子。"

　　那番自白出乎我的意料。

　　博士竟是——孤儿？

　　"说得好听点是养子，说得不好听就是奴隶。我一天到晚都要被迫干活，连一日三餐和睡觉的地方都低人一等。养父母更是心血来潮就会对我大打出手。那种生活持续了七年，直到我升上高中离开那个家。在那之前，我只能一直忍耐。"

　　他的语气仿佛在议论他人。不知为何，我心中涌出了莫名的愤怒。

　　"你什么意思啊……因为你没有还手，所以比我了不起吗？"

　　"不。我之所以没有报复养父母，并非因为人格高尚。而是因为他们的独女是凯特。"

　　凯特？

　　"见到我被虐待，凯特常常瞒着父母帮助我。她有时会陪我玩，有时会辅导我做功课。仅此而已。我之所以没有报复，无非是因为伤害他们会令凯特伤心罢了。要是没有她，我迟早会做出跟你一样的行动，甚至比你更甚。所以说，我只是运气好而已。"

　　博士看向身边，凯特含泪伫立在原地。

　　"有别人……帮你吗？"

　　"凯特的父母在当地属于名门，还跟警察署长关系亲密。所以我和凯特的申诉全都被压了下去。"

　　博士的声音很安静，但能感觉到深深的怨念。

　　是吗……

博士之所以没把我交给警察——是因为他自己也曾被警察见死不救啊。

"所以,我并不打算责备你。如果你想自首,可以。如果你想留下,也没问题。一切都由你自己决定。"

"可是……"

我把目光转向凯特和爱丽丝。她们会怎么想?

"按理说,你可能应该向警方自首。"凯特走过来,双手握住我的右手,"不过一定不是现在。因为你需要时间好好消化自己的行为。我不会说你只能在这里做那些思考——但是,无论你是什么样的孩子,我都会原谅你。你只要相信这点。"

"凯特阿姨……"

爱丽丝一脸不高兴地跑过来,用力握住我的左手。

"把你放出去太危险了。要是没我们监视,谁知道你会不会乖乖自首……所以别再逃走了,听到没?"

我没有回答。

热热的东西顺着脸颊滑落——嗓子里发出断断续续的呜咽。

"真漂亮。"

"是啊……"

在起居室将事情和盘托出后,我被爱丽丝拉着手,来到温室看蓝玫瑰。

自从第一眼看到它,已经过去了一个半月,植株上又开出新的花朵。仿佛要把我吸进去的碧蓝,水灵灵的花瓣——当时感觉到的冰冷,如今已经消失了。

"你刚才问,'没有被选中是否意味着没有价值'……"爱丽丝凝视着蓝玫瑰,嘴里喃喃道,"我不懂。因为我从未有过'没被选中'的感觉。可是，不幸被选中的心情，倒是了解一些。"

不幸被选中？

爱丽丝点点头，脸上闪过一丝踌躇，随后仿佛下定了决心，开口说道：

"我不是爸爸和妈妈相爱生下的孩子。"

——啊？

她不是博士与凯特的孩子？莫非爱丽丝也是被收养的吗？

可是，她雪白的肌肤和白金色头发，还有眼睛的颜色都跟凯特十分相似。很难想象她们不是真正的母女——

"不是那个意思。"爱丽丝仿佛察觉到我的疑惑，微笑着摇摇头，"我的基因确实来自爸爸妈妈，从这个意义上说，我是他们的孩子。只是——我的诞生方式与普通人有点不同。"

诞生方式不同？

我感到背后仿佛蹿过一道电流……莫非——

"因为医生对妈妈说她生不了孩子，所以爸爸决定把我做出来。我还有几个没能长大的哥哥姐姐。因为爸爸和妈妈不断重复失败……最后才成功把我造了出来。"

若是换成以前的我，恐怕完全不会相信少女的话。

但是，目睹了梦幻的蓝玫瑰，听了博士那些晦涩难明的讲课，现在的我很难把爱丽丝的话当作笑谈。

"所以我时常想——为什么是我呢，为什么哥哥姐姐们都无法来到这个世上，唯有我降生了呢？你害怕我吗？"

爱丽丝看着我，淡蓝色的眸子仿佛在摇曳。

我无法回答，只能注视着少女的眼睛。

好似白瓷的皮肤，白金色长发，微微吊起的眼角，深蓝色连衣裙——

"不……我只觉得你是个可爱的女孩子。"

要是穿上更好看的衣服走在外面，必定所有人都会被她吸引。

咦？

不对，不是那样。不对，没什么不对——但不是啊……

我突然陷入严重混乱。我到底什么时候开始用那种目光看待爱丽丝了？

爱丽丝瞪大眼睛，满脸通红。

她仿佛马上就要哭出来，又好像对我无可奈何，或是感到安心，脸上闪过了好多种表情。最后她害羞地骂了一声"笨蛋"，然后对我说："……这些蓝玫瑰也一样。爸爸说，他'不明白'为何只有这一株开出了蓝玫瑰。另外，这株蓝玫瑰不怎么抗病，分植的枝条放在外面，全都枯死了……反倒是妈妈种在后院的玫瑰不爱生病，能健康地开出花朵。单从抗病这点来说，这株蓝玫瑰其实是失败作品。所以——那个……"

爱丽丝罕见地结巴了。

"我想说……什么东西被如何选择，说到底都取决于某个人的偏好，或是上帝摇骰子而已。我不会责怪你。你虽然又笨又厚脸皮，什么都不懂，只会吃白食……但没有做任何坏事。因为我觉得你父母是自作自受。"

她这是在安慰我吗？见爱丽丝在这种时候都要说那么难懂的话，我忍不住笑了起来。

"干、干什么啊？"

"没什么……谢谢你。"

听到我道谢，爱丽丝又红着脸扭开了头。

或许，我真的应该马上去警察那里自首。

然而我被博士、凯特与爱丽丝的温柔挽留,选择了留在这里。我不想离开,我想永远跟他们待在这里。

我决定,到底要不要自首,可以睡醒一觉之后再考虑。

可是——

我的安眠未能到来。

※

那天傍晚,来了第二个访客。

我们正要准备晚饭时,门铃突然响了。经过白天那件事,我顿时吓了一跳,但跟博士一道去开门的凯特用熟稔的声音欢迎了来访者。

"牧师……好久不见了。"

那是一个半月前跟博士争执的男人。这个牧师身穿一件带领圈的衬衫,外披黑色上衣,表情严厉。

"好久不见了,小姐——不,现在是坦尼尔夫人吧。请原谅我突然前来。"

他的声音低沉,语气虽然彬彬有礼,却透着一股让人难以靠近的奇怪气息。但凯特并不在意,而是与牧师亲切地对谈。坦尼尔博士站在两人身边皱着眉。他们到底是什么关系?

我躲在门后小心翼翼地窥视,不知何时爱丽丝来到了我身边。

"他好像跟妈妈父母家有来往……之前我听爸爸妈妈谈到过。"

原来是指凯特娘家吗?

难怪坦尼尔博士并不欢迎他。恐怕没有人在家中饱受虐待,还能笑着迎接那家人的朋友。

最后,博士认命地叹息一声。他似乎没能胜过凯特的热情。

窗外传来雨声。雨点越来越密集,很快便开始猛烈敲击窗玻璃。

"好大的雨……牧师,您今天是开车来的?"

"不,我乘出租车到山下,为了保持健康,一路走上来的。不过我带了伞。"

他是走过来的吗?我虽然记得不太清楚,但山下到这里的路应该连大人也很难轻易走完。

"要在这里住一晚吗?这雨也不知什么时候才会停。弗兰克,可以吗?"

"嗯,可是——"

博士好像知道我躲在门后,朝这边瞥了一眼。没关系,凯特对博士温柔地笑着说。

"那太好了,我本来只打算来问候一下。"

牧师郑重地行了个礼。

到了晚饭时间。

我不能一直躲着,只好跟一家人和牧师坐到了餐桌旁。牧师惊异地看着浑身僵硬的我。

"抱歉,这孩子是?"

"爱丽丝的朋友。"

博士平淡地回答,凯特则微笑起来。

"他要在我们家住一段日子,因为我们担心爱丽丝会孤单。"

"妈妈?!别说那种——"

爱丽丝满脸通红地争辩,但牧师并不理会那场小小的骚动。

"你叫什么名字?"

"啊……我叫埃里克。"

我提起戒心回答完，牧师只咕哝了一句"好名字"，随后开始自我介绍。

"我叫克利夫兰。父亲以前跟坦尼尔夫人的双亲是朋友，因为有这层关系，我今天特意来问候一声……愿上帝保佑你。"

"哦。"

被一个表情吓人的男人祝福"上帝保佑"，我还真不知该如何回答。不过他好像没有怀疑，我姑且松了口气。

"牧师，你离开教堂那边没关系吗？"

"教堂已经由舍弟接手了。我目前正在巡回U国全境，进行传教活动。"

原来他有弟弟啊。我试着想象一番，但实在无法描绘出两个凶脸牧师站在一起是什么光景。

其后，远远称不上一团和气的对话又持续了一会儿。我由此知道了一些坦尼尔家搬来这里之前的事情。

博士上高中时离开了凯特家（虽然过程并不顺利），然后考上大学，获得博士学位后跟凯特结了婚。其后，两人离开家乡，与凯特娘家——麦考潘家断绝了关系。

麦考潘家资产雄厚，投资了许多大型产业，不过爱丽丝出生几年后，凯特母亲就去世了，不久之后，父亲也病倒了。凯特成了麦考潘家的继承人（虽然无人明言，但她父亲不久后就因病去世了），却没有继续家中产业的意愿。于是她将娘家的宅邸和土地，以及多余的别墅全部卖掉，又把产业经营权转让出去，只将一小部分贵重物品和充满回忆的东西搬到这座房子里，与家人住了进去。现在，一家人的生活费和博士的研究经费都由资产清算后得到的金钱来支撑。

"天谴,虽然这种话不能轻易挂在嘴边。"

牧师呢喃一句,垂下了目光。他好像也知道麦考潘家的内情。再加上他跟博士年龄相差不大(博士与凯特同龄,牧师则长他们五岁),一直很关心坦尼尔夫妇的情况。这里的地址是凯特给他写信时提到的。对话过程中,博士一直神情阴郁地吃着饭。

"对了,弗兰克。你还在继续研究吗?"牧师沉声问道。

博士瞥了他一眼,极为冷淡地回答:"虽然不知道你从哪儿听来的那些话,但我对你没什么好说的。"

凯特为难地对博士说:"怎么能这样说话呢。"

他们还提到了我。牧师问了两次关于我身世的问题,幸好有凯特在一旁帮腔,我才勉强糊弄过去了。

爱丽丝跟往常一样,只在被点名时回一句话,不过跟母亲聊了几句之后,她就开始频频窥视我,然后把头撇向一边。

晚餐结束时,牧师突然对我说:

"埃里克。"

"啊,干什么?"

"你今后能一直与爱丽丝小姐做好朋友吗?"

这个问题出乎我的意料。"嗯。"我点点头。

牧师满意地笑了。

博士他们回到房间后,起居室只剩我一个人坐在沙发上。

可能因为今天一天发生了不少事,我还是很兴奋。就算回到二楼客房,一想到牧师就在隔壁房间,我也放松不下来。

雨丝毫没有停歇的意思,连挂钟的声音都被雨声盖过了。窗外时不时亮起一片白光,随后是隆隆雷声。

就在那时——

门铃突然响起，打断了雷鸣。

我忍不住缩起身子。晚上九点半，这么晚了怎么还有人来。

是谁？为什么在这种天气里，这么晚了还跑来这里？

我走向门口，凑到猫眼上——闪电划过天空的瞬间，我的心脏仿佛冻结了。

是警察。

一个身穿制服的高个子男人。白天的那个警察正站在门外。

为什么——

为什么这家伙又来了？！

被恐怖淹没之后，我又听到背后传来开门声，吓得跳了起来。

原来是博士。

"你怎么还在这里——埃里克，怎么了？"他惊讶地看向我，我连话都回不上，穿过半开的门跑向走廊。

我根本听不见博士的叫声，只想尽快找地方藏身。当我躲在起居室与走廊连接的门背后瑟瑟发抖时，听见了大门开启的声音。

"又是你啊……有事吗……这个时间了。"

说话声混在雨声里很难听清，但博士的语气明显充满厌恶。

"啊……不好意思。其实白天……的事。"

警官回答道。他好像没发现我刚才还待在起居室里。

"署里……结果还是……少年应该……潜伏在附近……请让我进屋搜查……"

搜查？！

"现在？……太过分了……"

"杀了两个人的凶手……不会太麻烦您。马上就好——"

糟糕——

快，快藏起来。可是，该藏到哪儿——

我在慌乱中环视四周，看到昏暗走廊最深处，向右边拐进去的角落。博士吩咐我"不能打开"的，通往地下室大门的拐角。

我来不及思考，悄悄爬向走廊深处。

大门上着闩，右侧墙上有个钩子，钥匙就挂在上面。我拉开门闩，抓住钥匙插进锁孔。开锁声音大得让我心惊胆战。

拔出钥匙后，我跳了进去，反手把门关上。里面一片漆黑，我在内侧门把上摸到了貌似旋钮的东西。我把它一扭，再次听到上锁的声音。那声音——应该没有传到起居室。现在我只能如此祈祷了。

一股霉味扑鼻而来，房间左边有扇小窗。窗外划过闪电，瞬间照亮了周围。黑暗中浮现出一段通往地下的楼梯，随后消失了。

我感到全身战栗。

不，不能停下来。我鼓起勇气，摸索着走下楼梯。

楼梯尽头似乎连着一条短走廊。

双眼适应了黑暗，我看见左侧有两扇门。

前面那扇门敞开着，里面有张大书桌，上面摆满玻璃器具。这里就像一楼实验室的缩小版，没有可供藏身的地方。

后面那扇门关着，还插了根小门闩。

——又是门闩？

我来不及疑惑，着了魔似的拉开门闩，把门打开。

看见了怪物。

那家伙躺在房间里。

好大。几乎有两米高。脑袋、纤细的胴体——形似四肢的东西。那东西看起来像用黏土捏成的人偶……单从外形来看。

然而它的体表却与人偶相去甚远。

凹凸不平的脸,肿胀的手。

皮肉仿佛要被撑破的表面。

脸的一部分动了起来。那堆肉颤抖着裂开两道缝隙,每道缝隙间都能看到蠕动的眼球——

它的视线,瞬间聚焦在我身上。

幕　间

我不知道那个人的真实感情。

你为什么让我降生在这个世上，你是否不爱我，你为何假装不知道——有无数次，我都想在那个人面前大喊。

可是，真正见到那个人，我又什么都说不出来。

在实验室里，我们可以讨论好几个小时的研究课题，可一旦走出实验室，进入私人时间，我就只能低着头，静静等候那个人对我说话。

我很害怕。

我害怕那个人敷衍地说："你说什么傻话呢。"害怕那个人狠心断言："我一点都不爱你。"

害怕即使那个人对我说"我爱你"——我却依旧怀疑那是谎言。

我的疑问完全出于我自身的不安，无论形式如何，我都害怕那个疑问得到解答。

人们都说——人类从双亲那里继承DNA，成为独立个体。只要技术进一步发展，还能利用DNA完成比血型更准确的亲子鉴定。

我之所以对基因研究产生兴趣，这也是原因之一。

我究竟是什么人——这个疑问说不定能获得解答。

可是现在的我，却茫然驻足在技术之前的领域。
好不容易缩短了距离，却无法将疑问化作言语。

今天，一个意想不到的巧合，让我跟那个人必须共处很长时间。
我知道这样下去不行。今天一定要问。没关系，时间还很充足。

——事情本应如此。

第六章 蓝玫瑰（III）

"被摆了一道。"

玛利亚站在一片黑红色血迹前，紧咬嘴唇。

她应该早就预料到，这种情况并非不可能。多米尼克不可能心血来潮拜托她干那种事，可她为何没有多想想呢，为何没有掐着他脖子逼问详细信息呢？

调查刚刚开始，凶手动机尚不明确。可是，博士殒命难道不是因为她的怠慢吗——玛利亚迟迟无法抛开那种自责。

"叹息也没有用，当务之急是掌握案件全貌。"

至少在玛利亚看来，涟的表情还保持着平静。

十一月二十七日，F市郊外，弗兰基·坦尼尔博士的别墅。

犯罪现场在后院温室中。

玻璃围成的墙壁和窗户，同样由玻璃组成的屋顶和天窗。上面还残留着直到凌晨才停下的雨水。那些玻璃内侧覆盖着许多玫瑰藤蔓，上面还开着花——唯独进门右手边第一扇窗户周围的藤蔓被绳子分开，固定在两旁。

据说那是发现者进入现场的地方。现在，窗户内外都安放了踏板，用于玛利亚等一众调查人员进出。为保护现场，温室正门被封锁了。

温室地板没有铺水泥，全部裸露着泥土。可能因为地基稳固，墙角下并未发现雨水渗入。除门口之外的三面墙壁前都摆放着花盆，或是生长着植株。门口到正对面的玻璃墙之间有一条细长的通道兼作业空间，被周围的植被围住。

与C大学井井有条的温室不同，这里充满了私人温室的感觉。大小跟罗宾·克利夫兰牧师的温室相差无几，其中景观却截然不同。罗宾的温室几乎被"天界"的天蓝色完全覆盖，坦尼尔博士温室里的玫瑰，则大部分是随处可见（这个说法或许欠准确）的红色、黄色和白色花朵。盆栽、直栽、攀附墙壁的藤蔓，无论朝哪儿看，都色彩缤纷。

其中只有一盆，散发着异样的气息。

进门正面那个狭长空间的最深处，放着一株蓝玫瑰。

——是"深海"。

植株顶部开着三朵深蓝色的花，那似乎不是C大学的植株，而是弗兰基独自培育而成。花盆中央的粗壮花枝上分出许多小枝，有一根分枝前端被切断了。

在那盆"深海"前方——

滚落着弗兰基·坦尼尔的头部。

干涸的血液在裸露的泥土上弥漫开来，弗兰基的头部被横放在血迹边缘。

周围没有胴体。前几天还四肢健全，为他们讲解蓝玫瑰原理的大学教授，如今却只剩一个脑袋，变得惨不忍睹。

"身份确认了吗？"

这张脸无疑是弗兰基本人，可她还是忍不住要问。就算是玛

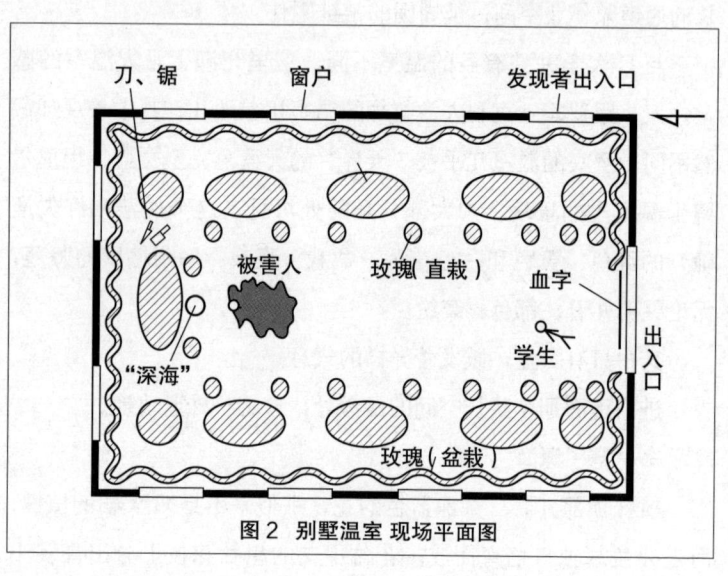

图 2 别墅温室 现场平面图

利亚，也从未经历过初识之人以这种形式与她重逢。

"警员正在寻找其家人的联系方式……至于身份确认，可能要等找到身体再说。"

与遗体的凄惨状况相反，弗兰基的双眼却如同睡眠般安详闭合着，双唇微张，嘴里好像被塞了貌似钥匙的物体。那是什么钥匙——玛利亚正疑惑，涟在旁边读起了笔记。

"昨天，坦尼尔博士为准备 A 州的学术研讨会，将一名研究室的学生从 C 大学带到了这座别墅。他们本来准备今天与研究室其他成员会合，一同游玩之后，再去参加下午的短期课程。"

所谓短期课程，是一种集中授课，经常会设在学术研讨会召开前一天或第一天。大星期天的还去上课，那些研究人员真够热心。

"可是今天早上，博士等人并没有出现在约定的酒店大堂，他们打电话给别墅，也无人接听。一名研究室成员因此起疑，马上联系了 F 警署。两名正巧在附近巡逻的警官接到报案后前往别墅查看，然后在这个后院温室里发现了坦尼尔博士的遗体——确切来说是头部，以及一名生还者。这就是大概经过。"

这里墙壁和窗户都是透明玻璃，虽然长满藤蔓，但可以从枝叶缝隙间窥见内部。不过——

"生还者？"

"就是博士带来的学生。她当时跟脑袋一起被关在温室里。被发现时，那名学生不省人事，手脚被束缚，还被遮住双眼，堵住了嘴。那明显不是自导自演，而是他人所为——我们目前也在尝试联系她的家人。"

监禁可就有点吓人了，究竟发生了什么事？他们还发现沾满血迹的大号刀具和锯子被扔在植被丛中，取证人员正在采集指纹,不过看他们的表情,应该没什么成果。

视线转向外部,藤蔓与玻璃的另一侧,离温室稍远的一角停放着疑似弗兰基的汽车。那是 U 国某大型汽车制造商的产品。身为完成世界第一伟业的科学家,那辆车显得过于平凡了。

再看向背后。

温室大门紧闭着——玻璃内侧有一排粗犷的黑红色字迹。

    Sample-72 is Watching You

"七十二号样本在看着你"?

那是什么意思,莫非是警告吗?

她走过去,隔着手套抓住门把。大门纹丝不动,看来是被锁上了。

环视温室内部,墙面几乎被藤蔓覆盖,只有调查人员出入的那扇窗户开着,其他窗户,包括天窗全都紧紧关闭。

"涟,你动过周围窗户吗?"

"没动过,一直都是这样。根据两名警员的证词——发现现场时,这个温室的大门、窗户、天窗全都从内侧上了锁。"

赶到现场的两名警员从外部发现了血迹、脑袋和学生,便试图进入温室,但发现门和窗户全都锁着。

实在没办法,他们便把进门右手边第一扇窗打破了。为保护现场,他们并没有靠近写有血字的大门。

由于温室内部覆盖藤蔓,警员进入时,选择了藤蔓最稀疏的窗户。尽管如此,他们还是被缠住身体,花了好大功夫才来到温室内部。

窗户边长约为八十厘米，下端大约到成年人腰部那么高。窗扇是向上朝外翻开的形式，目前完全敞开，几乎与地面平行。这个状态足够容一个成年人通过，只是——

听完涟的说明，玛利亚用手指支着下巴，重新把温室看了一圈。

所有门窗都上了锁？

根据方才的说明，学生明显是被第三者捆绑，因此这并非室内生还者就是凶手如此简单。

从现场情况来看，凶手离开温室的路径大致有三个：窗户、天窗、正门。

窗户和天窗都一样，是向上朝外翻开的构造。窗框下端附有带柄的半圆形搭扣，是新月形锁。想从窗户缝隙间穿过丝线从外部上锁，似乎并非不可能。

可问题在于藤蔓。

玫瑰藤蔓覆盖了温室的墙壁和屋顶，把所有窗户都遮盖了。

虽说遮盖，还是留有能够看到另一侧的空隙。可是那些缝隙顶多能容一只手臂穿过，丝毫不存在成年人能够挤过肩膀的间隔。由于窗户是外开结构，若能穿过手臂，要从内侧推开应该不难，只是——

玛利亚穿过植被丛走到墙边。

支架纵横交错的天花板一侧，以及地面与天花板中间随处可见搭扣和木架。玫瑰藤蔓以那些为支点攀附在玻璃墙面，好像一幅窗帘。

她避开棘刺，握住一部分藤蔓拽了一下，发现稍有浮起。看来并非所有地方都固定在墙壁和窗户上。若一直将藤蔓提起，或许能钻到底下开窗出去。

不过——好重。

每一根藤蔓都很长，而且彼此纠缠，拽起一根就会带起一片。如果硬要抬起来，说不定会把藤蔓扯断。

她把脚下看了一遍，想寻找蛛丝马迹，但是正对窗户的土地都被踩实了，可能是平时开窗换气所致（看来这座温室有些年头了）。玛利亚并没有发现足迹。

其他窗户情况相似。虽然有几处泥土表面被抚平过的痕迹，但也仅此而已。

窗户不行——那就是大门吗。

可是，大门内侧写着血字。玻璃门为双开门，一部分血字横跨了两扇门的结合处。若门被打开过，应该会留下血液流淌或文字错开的痕迹。只是她并没有发现那种痕迹。

杀害坦尼尔博士，将其头部斩断，把学生关在里面，在门上留下血书——

然后凶手从什么地方，如何离开了温室？

"涟，你怎么想？"

"目前没什么想法。我一度认为凶手可能从天窗垂下一根绳子进出，但如你所见。"

涟抬头看向天花板。虽然不似墙壁那般密集，但上面依旧纵横交错着许多藤蔓。

"想不弄断藤蔓离开温室，实在太困难了。而且周围也不存在有人穿过的痕迹。可我更不能理解的是，为何会形成这种情况。"

头部被切断，就不可能伪装自杀。

那是为了拖延尸体被发现时间吗？可是温室全由玻璃组成，虽然爬满藤蔓，但外部还是能清楚看到室内。

那么——

"博士的学生也被关在了现场吧。难道是为了嫁祸？"

"如果是为了嫁祸罪名，就没必要捆绑手脚，而应该直接把她扔在里面，或至少捆绑得很松垮，让现场状况看起来像伪装。然而根据两名警官的说法，学生双手被紧紧反绑在背后，很难认为是伪装。"

凶手为何浪费了如此绝妙的替罪羊？另外，博士被切断了头部，学生却毫发无伤，这也太奇怪了——

玛利亚再次看向门口。

——"七十二号样品在看着你"。

粗犷跳跃的红黑色文字。身份未知的凶手，在警告身份未知的"你"。

信息？

弗兰基被切断的头部，温室的情况，莫非这些都不是合理生成，而是凶手给某个人的信息吗——

玛利亚摇摇头。不行，她的思路开始乱套了。

她叫上涟，穿过窗户来到室外。这种时候最好转换一下心情。以现场勘测——为口实的散步，顺便在后院转上一圈。

周围土地被雨淋湿，有好几处形成了积水。后院中央靠别墅一侧有一小片长方形的泥泞，看起来像被拆除的花坛。北侧树林前方有一块土色与周围相异的圆形痕迹，那里应该是被填平的旧井。井口似乎很早以前就被填平，平整的土地上只生着一片稀疏的青苔。

"涟，你知道下雨的时间段吗？"

"A州北部观测数据显示为昨晚十一时前后到今晨五时前后。F市郊外可能有一到两个小时的误差——不过现场被发现时，周

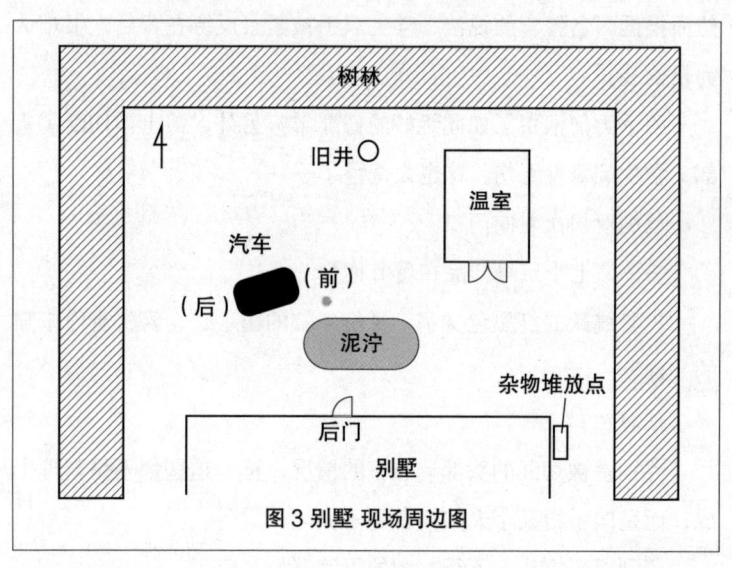

图 3 别墅 现场周边图

边没有任何足迹和车辙。"

"被雨水冲掉了吗?"

"本来除那片泥泞之外,大部分土地都很坚硬。就算雨早点儿停了,只需装桶水一冲便能将痕迹彻底冲掉。目前现场有大批调查人员穿行,他们也只留下了非常模糊的足迹。

泥潭旁停着一辆失去主人的汽车,往里一看,油表已经接近下限,仿佛刚跑完长途。目光依次转向驾驶席、副驾驶席和后座,并没有发现貌似线索的东西。他们还把后备厢翻开看了,里面空无一物。

两人又开始顺着别墅外墙行走。

离开汽车朝温室方向走,拐过别墅墙角,面朝别墅正门右手边的墙壁一侧杂乱摆放着他们在温室中见过的花盆和支架。那好像是堆放杂物的地方。花盆有的开口朝上,有的倒扣着,支架有的靠在墙上,有的倒在地上,看不出平时有人整理的样子。

此时,一名调查人员朝玛利亚两人挥了挥手。涟小跑到那人身边,又小跑回来,表情略带紧迫。

"玛利亚,鲍勃刚才联系我们,说博士的身体找到了。"

弗兰基·坦尼尔的身体被埋在别墅后面的树林一隅。

他们跨过划分别墅住地的矮栅栏,朝林子里走了一会儿,博士的身体就埋在土中,还穿着衣服鞋子,仿佛婴儿般蜷成一团。苍白的皮肤与颈部黑红色的断面显得莫名不搭。

调查人员抬出遗体,安置在蓝色垫布上。洞穴底部还留有血迹。

"鲍勃,你怎么看?"

"死亡时间为十到十二小时,具体还需要慢慢分析。"

鲍勃·杰拉德验尸官戴着手套轻触尸体。

这位有点年纪的验尸官褐色眸子、花白头发,微胖的身材,乍一看就像邻居家老爸,正用抚摸午睡小狗的手势检查尸体。

"死后僵硬程度已经很高,尸斑都集中在遗体右侧——朝下的部位。详情需要尸检才能判明,但我的推断也差不离了。另外,死者并没有淋到多少雨。"

遗体的皮肤和衣服上沾满泥土,但并没有水汽——推测死亡时间应是昨晚九时前后。

"死因是什么?"

"刺杀。"

鲍勃指向遗体衣服正面那片血迹的中心。靠近心脏的位置可见刺伤痕迹。"我找不到其他外伤,虽然还需要尸检确认,不过死因极有可能是这个。"

遗体身上的衣服并没有严重破损,温室中发现的头部除断面以外,也不存在其他伤痕。正面一击刺中心脏——莫非是熟人犯罪?

"另外,掩埋身体的泥土上留下了这东西。"

鲍勃举起一个透明塑料袋。

里面装着一朵深蓝色玫瑰花,是"深海"。花朵没有连着花茎。话说回来,温室里的"深海"确实有一处枝条被剪断的痕迹。这朵花想必就来自那里。

被切断头部的身体上,放着一朵不连茎的蓝玫瑰?若这是陪葬之物,那也未免过于讽刺了。

"我知道了,麻烦你继续检查吧。"

鲍勃点点头,重新转向尸体。

把遗体交给鲍勃,玛利亚和涟决定去找跟博士一同来到别墅的学生。

学生好像是待在别墅起居室内。两人从后门进去，走进起居室，却发现一个意外的人物坐在沙发上。

"啊……"

白发少女惊讶地张大嘴。

那是前不久在C大学给玛利亚他们带路的白化病少女。名字叫——

"艾琳？"

"索尔兹伯里警监，九条探员……好久不见，是吗？"

原来她就是"与坦尼尔博士同行的学生"啊。玛利亚一边暗自感叹缘妙不可言，一边坐到艾琳身边。

"我真不知该说什么好——你感觉怎么样？"

"没什么，就是手腕有点痛……另外还有点头晕恶心。"

艾琳抬起右手摸了摸左手腕。她表情冷淡，面无血色，雪白的肌肤甚至有点病态的青色。她下颌下方有些泛红，或许是被束缚的痕迹。

她那样子一点都不像没什么，玛利亚提出先送她去医院再问话，但她摇着头说"没关系"。

问询从简单的自我介绍开始。

艾琳今年十三岁，居住在C州。今年九月跳级进入坦尼尔的研究室，参与到以蓝玫瑰为代表的基因编辑技术研究中。

"我就不拐弯抹角了。发生了什么事？听说你跟博士一起来到了别墅，希望你能详细讲讲。"

白化病少女点点头，用耳语般的声音讲述起来。

昨天傍晚，她陪同弗兰基来到别墅，为学术研讨会进行一些准备。

因为会场就在A州，弗兰基确定研讨会期间以别墅作为大本营，但还需要确认演讲资料，制作大学的事务文书，堆积了不少工作，便在研究室内招募一名学生去帮忙。

"于是你就毛遂自荐了，对吧？"

艾琳摇摇头。

"本来是博士另一个课程的学生——米利尤要同行的。可是，她临近出发时突然生病了……我正好有空，便替她来了。"

"你从 C 州出发是几点？"

"昨天上午九点多……我跟博士在大学碰头，然后一起开车过来。我们中途在加油站休息了几次……还参观了水母——"

证词有一搭没一搭地持续着。

两人到达别墅时，已经过了十六点。那是一趟将近七小时的长距离驾驶。

两人把车停在大门前，先进入别墅放下行李，随后到镇上采购生活物品。在加油站旁边的购物中心买了住宿期间需要的食材，顺便吃了点东西后，两人十八点前后回到别墅。由于旅途劳累，她在车上昏昏欲睡。她坐在副驾座位上，呆呆看着弗兰基把车停到后院，然后从驾驶席走出去——不知不觉就睡着了。

"等我醒过来，外面一片漆黑……老师也不见了。"

艾琳还是面无表情，声音却越来越僵硬。

她看向车外，温室的照明在暗夜中格外显眼。玻璃墙内侧爬满藤蔓，缝隙间可以窥见红色、黄色、粉色的鲜艳玫瑰花朵。

"我以为老师在工作，就从车上下来，朝温室走过去……没想到老师却——倒在里面，旁边还放着'深海'……放着蓝玫瑰。而且，老师的胸口还插着一把刀一样的东西——衣服上都是血……门上、门上还有红字……好像是'在看着你'——"

艾琳可能想起了当时的光景，放在膝上的双手瑟瑟发抖。

目睹老师的尸体，这对十三岁少女来说实在太残酷了。玛利亚正要出言安慰，突然产生了一股强烈的异样感。

她刚才说什么了？

"我想再问一遍。"涟轻声问道，"你看到坦尼尔博士倒在温室里，胸口被刺中了，对吧？"

艾琳似乎没看出涟的真意，只是点了点头。

现场被发现时，温室里只有弗兰基的头部。若艾琳的证词无误，证明她目击现场时，博士的头还没被切断。

"你知道当时几点吗？"

"我手表显示晚上九点过不久……因为我醒来时吓了一跳，发现自己竟睡到了那么晚。"

那跟鲍勃推测的死亡时间一致。她目击现场时，弗兰基可能刚被杀害。

"发现博士后，你做了什么？"

"我不太记得了……"艾琳的回答中顿了许久。"我吓了一大跳，感到特别害怕，脑子里一片混乱……完全没想到叫人来。我当时只有一个想法——得快点儿进去救老师。"

可是窗户和大门都被上了锁，想爬天窗也找不到梯子，她正不知道该怎么办，突然感到背后有人。

来不及回头，那人便从背后捂住她的嘴，同时另一只手箍住她下巴，一施力——后面的事她就不记得了。"看来是压迫颈动脉令对手失去意识啊。"涟喃喃道。

等艾琳再醒过来，已经躺在起居室沙发上了。她从负责救助的警官口中听说自己被关在温室里，因为别墅后门开着，他们就把她搬到了马上能躺下的地方。

"你有没有注意到别的事情？除了博士的遗体和门窗被紧锁，

现场还有怪异之处吗？"

艾琳闭上眼睛，安静地摇摇头。

"我只记得门上写着字，然后就……没什么了。如果真有特别奇怪的地方，我应该……会记得。"

玛利亚在脑子里描绘了一遍案发情况。

凶手刺杀弗兰基，锁起温室，在门上留下血字后离开。

艾琳发现弗兰基倒在温室里，想进去救助，却发现温室门窗紧锁。

凶手击晕艾琳，捆住其手足，关进温室。随后又切断弗兰基头部，将身体埋在林中，再次锁起温室，然后离开——

这太奇怪了。

如果艾琳发现弗兰基时，温室已经被锁起来，那意味着凶手一度打破了封锁，进行种种操作，将身体搬到外面，再一次封锁了温室。

凶手为何要做如此麻烦的事？

"我听警官说，老师已经去世了……是真的吗？"

"嗯。"

她不能说谎。只见艾琳低下头，可爱的唇间发出了几乎听不见的呜咽。

过了好久，艾琳突然抬起头。

"让我看看老师。"

"我不建议你这样做。现在与你最后见到的那次不同——状态比较不堪入目。"

"那也没关系。"

"可是——"

"我知道了。"

玛利亚站起来,不理睬下属的质疑,紧紧盯住白化病少女。

"既然你都说到了这份儿上,就跟我来吧。你可以哭可以叫,唯独不能触碰博士。"

艾琳没有哭叫。

博士的身体被暂时摆放在温室附近。白化病少女只是一言不发地注视着蓝色垫布上的身体,以及对准断面放置的头部——苍白的脸上滑落几道泪水。

遗体被运走,艾琳也坐到送她去医院做检查的警车上,离开了惨剧发生的舞台。

目送少女离开,玛利亚两人回到别墅内。他们的工作还堆积如山。

首先要把握凶案发生前后的情况。采购回来后,弗兰基究竟遇到了什么事?

"到厨房去看看吧。"涟提议道,"博士没把车停在前面的车库,而是开到了后院,可能想从后门把采购来的东西搬进屋里吧。"

"知道了。"

走进一楼厨房,正如涟的推测,桌上摆着两大袋东西,塑料袋上印着在U国全境都有连锁的大型超市商标。

塑料袋里装着几袋方面包,还有早餐谷物、罐头、点心……全都是加工食品。至于日用品,只有一卷厕纸。

打开墙边的冰箱,里面有盒装鸡蛋、奶酪、纸盒装的牛奶和橙汁各两盒,最后是几罐啤酒和调味料。大部分架子都空着,完全看不到生肉和蔬菜。

"看来博士和艾琳都对做饭不太感兴趣啊。"

"我觉得这已经比某位冰箱里只有酒的女士好很多了。"

"你好没礼貌,我冰箱里还有下酒菜呢。"

玛利亚做出了毫无威力的反驳。

他们在塑料袋里找到了收银单。粗略一看,单子上的东西跟塑料袋和冰箱里的物品都能对上号。为了保险起见,他们还要到店里取证确认,不过结合艾琳采购归来的证词,以及涟从后门将采购物品搬入别墅的推测,可以判断这基本就是事实了。

问题在于,之后发生了什么。

博士不可能扔下睡着的艾琳不管。收好需要冷藏的物品后,应该会把她叫醒,或直接抱到床上去。

为什么没有这么做?

"可以认为,博士在那个时候被凶手袭击了。"涟仿佛读懂了玛利亚的表情,这样说道,"不知凶手是事先潜伏,还是直接去按门铃。我认为可能是后者——总之,凶手趁博士整理食材,突然对其发动袭击,令其无法自由行动。"

不过,此时博士应该还活着。

博士与艾琳回到别墅时将近十八点,假设把采购物品搬到室内花了五到十分钟,袭击时间也是十八点稍过。距离推测死亡时间的二十一点,还有很长一段时间。

在此期间,凶手做了什么——

玛利亚用手指撑住下巴,猛地抬起脸。

"实验室呢?如果凶手想得到培育蓝玫瑰的技术,应该会试图从博士口中得到信息。我看除了胸口被刺伤,并不存在其他外伤,可以推测至少在那个时候,凶手还不打算行凶。可是,若博士迟迟不愿开口——"

"凶手就会感到不耐烦，决定自己在别墅内寻找线索……假设这座别墅里曾经有过实验室，那应该会留下一些痕迹。"

——留下的不仅是痕迹。

"实验室"就在一楼，貌似由卧室改造而成。小房间里摆着置物架、书桌和长桌，还装有一个水槽。

只是，地板和长桌上仿佛被风暴扫荡了一番。

满眼都是烧杯和试管碎片，地上还散落着疑似液体飞溅留下的痕迹。长桌上的玻璃器皿或倒或破，凌乱不堪。唯独还能看出一点秩序的东西，是一个形似浴缸（涟说那是"超声波清洗器"）的东西，以及显微镜这些大件物品。

"这是怎么回事，简直比我房间还乱。"

她没想到情况会如此糟糕。看来凶手丝毫不打算隐藏搜索痕迹。

"你眼神出问题了？不如我把眼镜借你用用吧。"

"我才没有老花眼！"

涟皱着眉，仿佛在谴责她没礼貌。到底是谁没礼貌啊。

大致看了一圈，四周有不少貌似蔬菜切片的东西，那应该是某种样本。但她无法判断那是做什么的样本、是否重要，以及是否有样本丢失。

"别墅里有书房，不如我们去看看吧。里面可能留有文献资料。"

涟催促道。

——一楼书房跟实验室同样零乱。

窗户旁边摆着书桌，上面堆满纸张，一部分还垮塌下来。貌似论文复印件的东西杂乱地散落在书桌周围。

左手墙边是书架，玻璃门处在敞开状态，好几本厚重的学术书籍掉落在地上。

玛利亚小心避开地上散乱的纸张,走到房间里。这个样子也无法判断什么资料被拿走了,或是有没有被拿走。

她决定,先跟涟分头寻找看似相关的资料。

书桌抽屉都是空的,不知是被倾倒在地上,还是原本就没有,抑或凶手带走了。她信手拿起桌上的纸张,全都是罗列着晦涩专业术语的论文。

《镰状细胞贫血的基因变异》
《使用直接测量法测定花瓣 pH 分布》
《神经纤维瘤病患者的染色体异常部位调查》
《体外受精技术在核移植方面的应用》
《色素缺失症各种病例及 DNA 分析的尝试》
……

光看标题她就感到头晕脑涨,只知道这里有很多关于基因的论文。然后——

"那些所谓'遗传病症'的文献最显眼啊。"涟一边翻看文件一边说,"我听人说,人类的疾病来源不仅有病原体感染,还有很多基因异常导致的病症。坦尼尔博士已经成功培育出蓝玫瑰,可能正在调查下一个研究主题吧。"

——动物和细菌都……能够成为研究对象。

既然可以改变植物形态,那自然可以矫正人类基因异常——再进一步,将来可能像约翰说的那样,重新改造人类。弗兰基虽然说十几年内无法应用,但假设有那个可能性,长到百年之后,甚至短到二十年后的事情,谁都无法预测。

书房里并未发现实验记录，有可能被盗走了。不过考虑到弗兰基只是来进行研讨会准备的，不一定带来了宝贵的实验资料。寻找实验记录优先级别高。他们的工作越积越多了。

不过话说回来——

这房子虽是别墅，却给人感觉使用频率很高。实验室器材众多，书房里资料堆积如山，厨房里干净整齐，作为凶案现场的温室也被打理得井井有条。

"这里可能是秘密的隐居之地啊。"

涟看到一张纸，复印的文字背面画满潦草的图表和箭头，乍一看完全无法理解。

"在大学要忙于讲课和指导研究员，因此很容易想象，博士需要一个不被任何人打扰，能够专心研究和思考的空间。"

并且照顾照顾玫瑰花权当散心吗？大学教授真是优雅的职业啊。

不管怎么说，案件的轮廓已经大致看清了。凶手袭击弗兰基，把别墅搜查一遍后，又将博士带到温室里杀害了。在此期间发生过什么交谈，凶手是否得到了自己需要的信息，这些都无从得知。不过从实验室和书房的零乱模样来看，凶手极有可能空手而归。

——从这里开始，凶手的行动就很难理解了。

他在温室门上留下血字，然后用某种方法封闭了温室。

艾琳醒过来，发现博士的遗体。凶手慌忙将其勒晕，捆绑起来。

然后，凶手一度打破温室的密闭状态，将艾琳搬进去。接着切断博士头部，将身体埋在树林中，再度封闭温室……

只根据证词推断出的经过就是这样。然而，每个行动之间的关系可谓支离破碎。

先不去考虑血字和密闭状态。这两个行动即使在旁人眼中不合理,恐怕也对凶手有重要意义。

艾琳一直被扔在车里没人管,可以理解为凶手忙着搜查别墅,所以没有发现她。对方可能想不到后院车上还睡着一个女孩。杀死弗兰基后,凶手可能为收拾残局一度离开温室,却不巧被艾琳看见了,慌乱之下发起袭击——如此考虑就能说通。

问题在这之后。

凶手打破自己专门布置的密闭温室,把艾琳关进去,又把弗兰基的头部切断了。

他为什么要那样做?既然已经让温室处在密闭状态,只需在袭击艾琳后直接离开即可。凶手既没有打开温室的必要,也不需要将少女囚禁在温室中,更没有理由切断遗体头部。

或许艾琳目击到了未完成的现场。凶手没有利用大门和窗户,而是从另一个不为人知的通道搬出身体,然后才封闭了温室。

可是,那条通道在哪里?

这同时也给密闭状态的构筑方法带来了疑问——方才查看温室时,他们并没有发现地下通道。就算墙上的玻璃能拆下来,藤蔓也会形成障碍。

更何况,还有许多解释不通的地方。

假设凶手想得到蓝玫瑰的技术,温室那株"深海"应该是绝佳样品,为什么没有顺手带走呢?凶手甚至有时间剪下一朵花供奉在掩埋尸体的泥土之上,整盆偷走应该不会有影响。为什么——

想不到答案。没办法,现在还是要优先搜查。

她与涟二人继续审查书房里留下的资料,但那些都是已经公开发表的论文和意义不明的手写记录,并没有新发现。

他们决定暂时放弃书房,再去查查别的房间。

走廊深处有两个房间,看上去都是卧室。玛利亚把最里面的房间交给涟,自己则走进了前面的房间。

里面布置得很朴素,有一张小书桌和一张床,看上去没怎么用过。

床边摆着一个体积稍大,带粉色花纹的包。

看样子是艾琳的行李。这么说来,她确实提到出门采购前先放下了行李。她走的时候竟忘了这东西,看来确实受到了很大打击。待会儿还得给她送过去。

不过现在要以调查为优先事项。她暗自向少女道歉,把包打开一看,里面装了几件可爱的少女内衣,还有一本题为"课堂笔记"的笔记本,封皮一角贴着碎花贴纸。

她喜欢的东西还真可爱。

玛利亚感觉自己马上要窥视不可告人的秘密,略带歉意地翻开了笔记本。

里面写满字面意义的"课堂笔记"。到处都找不到实验记录,只有一页又一页貌似讲课记录的内容。充满少女气息的圆形字体与"生物工程学概论"这种艰深的单词形成强烈反差,让人不由得会心一笑。

不过里面好像没有涉及蓝玫瑰最新技术的东西。她一直翻到后面出现白纸,正要合起笔记本,却停下了动作。

上方空白处写着短短几行文字。

我是谁?

那个人是谁?

玛利亚屏住呼吸。

"我是谁"?

这是什么意思。虽然可以解释为思春期少女的多愁善感……只是那略带震颤的文字中,却透露出不能简单归结为多愁善感的气息。

而且,"那个人"是谁?

玛利亚心中涌出不祥的预感。

她手上还没有线索。虽然没有线索,可是——艾琳被卷入这个案子,当真只是偶然吗?

"玛利亚,你那边怎么样?"

涟走进房间,玛利亚慌忙合上笔记本。

"这里只有艾琳的行李。你那边呢?"

"一样,只有疑似坦尼尔博士的行李。里面装有换洗衣物、大学事务文件和研讨会资料,以及一本日程本。并未发现什么特别的技术资料……当然不能否定那些资料可能被凶手拿走了。"

不管怎么说,都没找到线索吗?

"再去看一遍温室吧,或许能查到凶手离开的路线。"

"但愿如此。"

这个下属就是话多。

他们正要从后门出去,却听见正门传来引擎声。两人回身穿过起居室,打开别墅正门,发现一辆汽车胡乱停在离他们几米远的地方。驾驶席车门像被踹了一脚似的猛然打开,里面走出一个上衣皱巴巴的银发中年男性。

"浑蛋……来晚了吗?"

"多米尼克?"

那是P警署的多米尼克·巴罗兹刑警。灰白头发的警官看到玛利亚，苦着脸走过来，抬手打了声招呼。

"你专门从 P 警署赶过来了？真是辛苦了。"

"今天早上你那位黑头发下属联系我了……不好意思，早知道事情会变成这样，我应该一开始就对你们摊牌。"

"可不是嘛。这到底是怎么回事？你们都知道些什么？"

还有那项奇怪的调查委托，她想问的问题实在太多了。

就在那时——

"你就是玛利亚·索尔兹伯里警监吧？"

多米尼克背后有个男人开口道。

那是个身材高大的男人，又高又胖，头顶已经秃完，年纪应该比多米尼克大。只见他眯着两眼，把玛利亚从头到脚打量了一遍。

"我是。你是谁？"

"加斯帕·盖尔，P 警署警督。"壮汉——加斯帕从口袋里掏出证件，出示给玛利亚两人，"我听巴罗兹提起过你，他平时受到你不少照顾啊。这次承蒙两位协助调查，真是感激不尽。希望今后也能继续合作。"

原来是多米尼克的上司啊。加斯帕很是殷勤地朝她点了点头……不过可能因为体形缘故，玛利亚总觉得那是海象在前后摆动上半身。

"如果方便的话，能请个人带我看看现场吗？巴罗兹，你趁这段时间跟两位说明一下情况吧。"

"遵命。"

多米尼克的回答听着有点自暴自弃。

涟叫来一名警员，让他带加斯帕去看现场。多米尼克一脸唾弃地目送上司挪动巨大的身体走向温室。

"——多米尼克？"

银发的警官突然回过神来，重新转向两人。他好像注意到玛利亚和涟的目光，尴尬地叹了口气。

"不好意思，我跟那家伙一直合不来。"

"你们两位都辛苦了。"玛利亚充满同情地说。

看来无论到哪儿都有职场人际关系的烦恼啊。她如此想着，郑重无视了涟欲言又止的目光。

现在不是聊这个的时候。

"还是谈谈案子吧。请你解释一下，你们事先调查的目的何在？"

那倒是。多米尼克晃晃脑袋，让自己重振精神。

"说再多也没用，你看看这玩意儿就知道了。"

他拿出一只褐色信封递给两人。里面装着一沓文件，似乎是从哪儿复印过来的。

玛利亚取出文件，从第一页读了起来。

"等等，这是什么啊？！"

玛利亚把最后一页重看了一遍，发出近乎尖叫的声音。

我该怎么办。

为什么会发生这种事。

大家、大家都死了。

第七章 原型（IV）

我拼命用手捂住涌上喉头的尖叫。最后没有发出声音，只能说是奇迹。

——博士养狗了？

——不对，那声音是七十二号样品。

难道……难道是这家伙？！

怎么会，原来博士没在开玩笑吗？

黑暗中，我感到那家伙站了起来。于是，我拼尽全力逃离了那个地方。

等我回过神来，已经身在实验室里。房间一片黑暗，我坐在药品柜脚下，止不住颤抖。

不一会儿，我听见开门声，忍不住把头抱住，耳边却传来熟悉的声音。

"埃里克，原来你在这里。"

"博士？"

是坦尼尔博士。他皱着眉，很快像是察觉了什么，兀自咕哝了一句"原来是这样啊"。

"没关系，那位警官已经走了。"

"走了……"

"他实在太烦人,我就叫他出示搜查令,结果他就走了。他说你很可能在这里,不过看那情况,应该是瞎猜的。"

所以说警察最烦人了——博士骂了两声,把手搭在我肩膀上。

"我明天会到警署投诉这件事,当然,也不会把你说出来。现在先回房间休息吧。"

"嗯……"

不对。

我之所以发抖,并不只是因为警察来了——

可我无法说出口。在博士催促下,我摇摇晃晃地站起来。博士明明近在眼前,我却感觉我们中间隔了一层厚重的幕布。

牧师在二楼客房——我隔壁的房间里。我上到二楼时,他从门后探出头来。

"出什么事了?刚才楼下有点吵。"

"没什么……突然有个警察巡视过来,把我吓了一跳。"

我实在想不出好借口,只得含糊其词。牧师面露惊疑,却没说什么,而是默默点了一下头,消失在门后。

我回到自己房间,钻进被窝后,身体还是止不住颤抖。

警察来访,地下怪物——一连串事情在我脑中萦绕不散,让我一时半会儿难以入眠。

博士说要去投诉警察,可是,那样真的会让一切结束吗?

那家伙是什么东西?莫非是博士创造了它?那为什么要把它藏起来?

好害怕,我害怕得快疯了。

可是,我在害怕什么?

被父母虐待——甚至杀死那两人的瞬间,我都没感到过如此强烈的恐惧。我亲手夺取了双亲性命,如今究竟在害怕什么?

我用毯子裹住脑袋,双臂夹紧身体止住颤抖——突然,我明白了自己在害怕什么。

——所以,我并不打算责备你。

——无论你是什么样的孩子,我都会原谅你。

——你……没有做任何坏事。

一阵低沉的轰鸣。

地面和窗户都在轻颤。

难道打雷了?

还是——

我感觉听到什么声音,从浅眠中醒来。

挂钟指向深夜,我一直没怎么闭眼。

风吹动窗户,外面没有雨声。我不知道暴风雨已经平息了,还是暂时停下。

窗户摇动的间隙里,我还听到有人在说话。

我打开门,隔壁客房十分安静,看来牧师已经睡熟了。于是我走到楼梯口向下窥视,很快便听到一男一女的声音。好像是坦尼尔博士和凯特。他们都压低了声音,却充满紧迫感。

"门口钥匙——是谁……"

"怎么可能……那——在哪里……"

阵阵风声让我只能听到断断续续的对话,不过还是听出了两人的焦躁。

"不知道。地下室的锁也……太失策了……没想到那东西、海顿竟会自己逃出去——"

逃出去?!

地下室的光景——黑暗房间深处的怪物身影在我脑中重现。

莫非是那家伙？

我突然意识到一件不得了的事。

我看到那家伙，被吓得夺门而逃时，把房门重新锁上没有？

想不起来。

我把那家伙的房门关好，冲上台阶，反手关上地下室大门，把钥匙挂回原处，跑进实验室——那些记忆如同一段段残片。我不能被发现，不能发出声音，不能拖延。我还记得当时我心里满是那些想法，顾不上其他。

可是，我丝毫没有关门挂锁的记忆。

一阵愕然。

分隔走廊与楼梯的门，地下室大门。那两扇上了闩又挂了锁的门，很可能是为了囚禁那家伙。而我竟然都打开了。由于过度惊吓，我只顾着逃走，忘了重新上锁。于是那家伙就逃走了……

心跳猛然加快，我再也听不见楼下两人的声音，转身跑进屋里关上了门。

怪物逃走了。

这都……这都怪我。怎么办，我该怎么办——

我不知道那家伙究竟是什么。可是，它既然被关在那种地方，恐怕是不能放出来的东西。而我，竟把那东西放出来了——

我不知呆愣了多久，无意中看向窗外——才发现外面的异常。

树林另一头摇曳着红光。

火？

光源离房子并不算远，恐怕从正门出去只有一小段路。

我本以为是山火，可若有闪电落在这么近的地方，我不可能没注意到。究竟什么时候——

背后突然蹿过一阵恶寒……莫非是它？

冲动盖过了罪恶感。我冲出房间，跑下一楼，却没有看到博士和凯特。大门没锁，我打开门走出去，正要跑起来，突然想起自己没带钥匙，慌忙停下脚步。我把屋里的伞架拖出来顶在门前。虽然只是自我安慰之举，但总比门也不锁要好。

我跑了起来，水滴打在脸上，雨好像又下了起来。脚下水洼发出液体四溅的声音。

出门往左，拐向上坡方向，前方不远处隐约现出两个人影。是博士和凯特。他们仿佛都愣住了。

两人好像发现了我，同时回过头来。

"埃里克——"

"不行，你不能看。"

太迟了。

我清楚地看到了倒在道路正中央，蹿起火焰和黑烟的东西。

是那位警官。

瘦高的体形，化作黑炭的警服和警帽，焦黑的皮肤。

今天两次来访的警官，竟变成一团火球倒在地上。

※

怎么会这样——

为什么他会在这种地方？被博士赶走后，他没有直接返回吗？

不，不对。有人……有人对他做了这种事。

这人是被什么东西杀死的。

莫非是那家伙?

路边有个灯油罐，好像是从储物间拿出来的东西。博士和凯特都用无助的神情凝视着熊熊燃烧的尸体。

不一会儿，博士用我从未听过的沉重声音说：

"我们都回去吧，现在必须抓紧时间。"

门口的伞架还是我刚才移动过的样子。"是你做的吗……很不错。"博士摸着我的头称赞道。可我一想到自己犯下的罪行，就一点儿都高兴不起来。

我们拖着伞架回到屋里，爱丽丝和牧师早已等候多时。博士告诉他们警官被杀害，以及尸体被焚烧的消息，两人脸上的表情都僵住了。

"我们应该报警，或许杀人凶手还潜伏在附近。"

听到牧师的提议，博士看了我一眼。他满是歉意地闭上眼，走向起居室角落的电话机。只见他拿起听筒，转动号码盘——突然定住不动了。

"爸爸，怎么了？"

"打不通……不，什么声音都没有。"

爱丽丝跑向父亲，拿过话筒放在耳边，纤细的手指转了好几下号码盘。

不知过了多久，爱丽丝终于无奈地放下了听筒。

"不行……电话线断了。"

断了？

我们头顶还亮着灯。以前凯特告诉我，这座房子有独立发电机，那是为了防止停电时温室和冷藏柜的样品受损。所以，即使房子有电，电话线也可能单独断掉。

不过……这种可怕的感觉究竟从何而来?

电话线为何偏偏在这种时候断掉。外面风雨虽大,可电话线竟如此容易被吹断吗?

"再怎么想也没用。既然无法跟外部联络,我们只能找上门去了。目前最有效的办法就是开车到镇里警署报警——罗尼,能麻烦你留下来吗?"

"不。"

牧师沉重地摇摇头。我还是头一次听到有人叫他的名字——还有可能是昵称。"最好大家都到镇上去,目前谁也没有不得不留在这里的理由。弗兰克,车子能坐下这么多人吗?"

博士点点头。这种时候他似乎并不想引发内部矛盾。

"不行,埃里克他——"博士抬手制止了爱丽丝的抗议,"我会让他中途下车,不能再把他卷进来了。等把车开到能打电话的地方,我会在机场附近订一间房,叫出租车把埃里克送过去。后面的事情今后再说,考虑到报警后房子肯定会列入搜查范围,他最好别回去了……埃里克,我们不得不扔下你一个人,希望你能谅解。"

"弗兰克——"

凯特发出苦闷的声音。

不对——

我险些叫出声来。为什么博士要道歉,现在这个情况全怪我一个人啊。

"看来你们家中情况非常复杂,不过还是请尽快做准备。当务之急是到镇上去。"

罗尼开始催促大家。我们没反驳,而是简单换了身衣服,然后走向车库。

里面有辆很大的汽车，那应该就是所谓小货车吧。据说那是博士到镇上采购物资时开的车。我打扫车库时见过好多次，但今天第一次坐上去。

博士坐到驾驶席上，罗尼则上了副驾。我和凯特、爱丽丝三个人坐在后面。一阵引擎轰鸣过后，汽车缓缓开动了。

离开正门向右转，车窗外闪过警官的尸体。刚才雨又下起来，已经把火浇灭。凯特伤心地闭上眼睛，罗尼则在副驾上抱着双臂。爱丽丝紧紧皱着眉，用只有我能听见的声音咕哝道。

"他可能埋伏在房子附近……为了抓住你的马脚。"

博士说他"走了"，但那位警官可能并没有就此放弃。所以，他才会遇到那家伙，然后被杀死。

我不知道那发生在什么时候。可能是雨停之后——我睡着时发生的。不过就算知道正确时刻，我也不能怎么样。

我感到神经几乎要绷断了。我又害死了一个人。

"没关系。"爱丽丝把雪白的手搭在我手上，"警察身上没有搜查令，证明他没有掌握足够证据……只要去了机场就不用担心了，你一定能逃脱。爸爸会想办法。"

爱丽丝可能有点舍不得我，脸上露出了寂寥的微笑。

我低下头，无法握住她的手，也无法回应她的微笑。

我做了那种事，却要扔下爱丽丝——扔下博士和凯特，一个人逃走吗？

怎么可能。可是，我该怎么做——

没想到这种想法终究是白费了。

汽车突然停下来，博士闷哼一声："怎么会这样……"

我们遇到山体滑坡了。

车灯照亮了前方,大量泥土湮没了树木,化作难以翻越的高墙阻挡去路。

※

我们带着沉重的徒劳与绝望回到宅邸。

我想起,在发现警官尸体前,曾睡意模糊地听到一阵轰鸣。想来那就是山体滑坡的声音。

"今天只能在这里过夜了。等天气恢复,人们发现滑坡后可能会派出直升机找到我们。现在还是以休养身体为重。凯特、爱丽丝,还有埃里克,你们都别忘了锁紧门窗——罗尼,麻烦你跟我轮流守夜吧。"

听到博士沉重的话语,牧师也表情凝重地点了一下头。

我走进房间,钻进被窝里,可是全无睡意。外面雨声又大了一些。

警官的尸体还被扔在山路上。虽然火早已熄灭,但博士还是说:"在警察到达之前,我们最好别去动他。"我们谁也没有提出反对。

山下镇子里会不会有人看到了焚烧警官的火?我脑中虽然闪过那个想法,只是山上地形复杂,从这里完全无法看到城镇灯火。只要不是山林大火,山下可能也无法察觉。

直到最后,我都没告诉任何人,是我把那家伙放跑了。

坦尼尔博士和凯特也没有提起那家伙,他们可能担心吓到我和爱丽丝。爱丽丝似乎察觉了什么,可她也对此缄口不言。那反倒让我失去了忏悔的机会。

不对。

我只是没有勇气罢了。只要我愿意，随时都能对任何人，甚至罗尼牧师坦白自己的罪状，并请求原谅。可我连那么简单的事都做不到。

没想到竟会变成这样。

我早就应该离开这里。警官第一次上门时，我就该站出去自首。我不该依赖博士、凯特和爱丽丝，而应该老老实实被警察带走。

不——我原本就不应该到这里来。若我当时没有忤逆父母……

就不会把那家伙放跑，不会害死警官，不会让大家陷入险境。

都怪我……都是我的错。

就这样，我紧紧攥着床单，不知躺了多久。

激烈的雨声中——似乎混进了别的动静。

一个人的叫声，东西打碎的声音，柔软物体倒地的声音——一串若隐若现的杂音。

我从床上跳起来。

刚才那是什么？

风把花盆吹倒了？我竖起耳朵，只听见雨声和风声，再也捕捉不到任何可疑动静。

是错觉吗？难道我实在太害怕，产生幻听了？

可是——

心脏在胸腔内剧烈跳动。犹豫了很长时间，我还是抓起外套,来到漆黑的走廊上,朝被雨打湿的窗外窥视。

夜色下的后院里有东西在移动。我吓了一跳,细一看,原来是玫瑰的花朵和枝条迎风摇曳。

我长出一口气,再次凝神观察。玫瑰园另一头隐约可见温室。我一度担心它耐不住风雨,但它看起来没什么异常。

我再次长出一口气——却马上倒吸回去。

温室门打开了。
．．．．．．．

黑暗中,本应紧闭的门被打开,在风中摇摆。

我感到背后蹿过一道冰冷的电流。

晚饭前,我跟爱丽丝进去过,后来她应该把温室门锁上了。现在是三更半夜,那地方不可能敞着门。为什么——

慌乱中,我在走廊上四下张望。博士应该在房子里巡逻,但他不在二楼。再三犹豫过后,我敲响了罗尼的客房门。

罗尼好久都没来开门。实际上可能只隔了几十秒,但我感觉牧师不出现的这段时间如同永恒。

"埃里克……怎么了?"

房门终于被打开,牧师把头探了出来。他刚才可能在休息,开门时还眯着眼睛,不过听我磕磕巴巴地说明情况以后,表情立刻严肃起来。

"——知道了,我马上去查看。你快回房间去。"

我怎么可能就这样回房间去。看见我摇头,罗尼无奈地咕哝着"真拿你没办法",随后催促我跟他一起走。

我们来到一楼,在门边拿了伞,穿过起居室走向后门。从这里可以直接走到后院去。

罗尼抬手抓住门把——却停在了半空中。

"怎么了？"

"锁……打开了。"

啊？

罗尼转动门把，毫不费力地打开了后门。一股强风横雨迎面打到我们身上。

博士刚刚才说"要锁紧门窗"，为什么后门却开着？

牧师表情僵硬地走出后院，我也慌忙跟了过去。

黑暗中是否潜伏着什么——我惊恐地环视四周，感觉花坛附近有什么东西反了一下光，忍不住瑟缩一下。来到温室旁边时，鞋和裤子都已经湿透了。

温室里一片漆黑，朝外开的大门正半掩着，底部一直刮擦地面。

罗尼摸索着打开了温室照明——那个瞬间，他发出了与外表毫不相称的呻吟。

"罗尼？！"

"不行……你不能过来。"

他的忠告没有起作用。我已经从牧师身侧瞥见了室内的惨剧。

坦尼尔博士死了。

——温室里成了一片血海。

深红色的血漫延一地，红黑色血迹四下飞溅，把周围的玻璃和玫瑰都染红了。

博士仰面倒在地上。

他胸口被染得通红，脑袋被切断，还能看见血肉模糊的断面。他身旁还掉落了一把被染红的园艺剪。

失去光泽的眸子，呆呆凝视着温室屋顶。

我发出惨叫。

第八章 蓝玫瑰（IV）

五月一日（周六）

蓝玫瑰开花了。

爸爸制作的众多样本中，只有一株开出了我从未见过的蓝色玫瑰。

爸爸说"样本还需要继续分析"，妈妈却很高兴，我也很高兴。

我也参与了样本制作，帮忙清洗培养皿，将植株移盆。虽然只能做很简单的工作，但看见自己帮忙种的样本开花，我还是很高兴。

为了庆祝成功，妈妈做了苹果派，我们三人一起吃了。苹果派很好吃。

五月二日（周日）

我帮忙给蓝玫瑰分株了。

主要工作是切下几根枝条，修理叶片，插在另一盆土里。妈妈也来帮忙了。妈妈速度很快，而且手法流畅，特别好看。可能因为她平时都在照料后院的玫瑰吧。我没办法像妈妈那样熟练，还不小心弄伤了指头。

我们把几个分好株的花盆放到了外面。爸爸说:"这是为了检验植株抗病性。"原来玫瑰也会生病,还分容易生病的玫瑰和不容易生病的玫瑰。

那跟人一样。我说完,爸爸一言不发地摸了我的头。

(中略)

五月五日(周三)

早饭后,妈妈往盘子里倒了黏稠的汤汁,送到那个房间去。

这座房子里有怪物。

那个怪物外表就像一团肉。爸爸管它叫七十二号样品,平时一直把它关在房间里。他绝不让我看到它,还对我说千万不能靠近那个房间。

小时候,我曾经不守规矩,看到了那家伙。我很害怕,最后还是妈妈安慰了浑身发抖、哭个不停的我。

我每次问到怪物,妈妈都会露出寂寞的表情。我问妈妈,你不害怕吗?妈妈微笑着说,一点儿都不害怕。

"别担心,它不会攻击别人,所以爱丽丝也不用害怕。"

多亏妈妈的话,我再也不害怕怪物了,还经常觉得它很可怜。

为什么爸爸要让怪物住在家里?爸爸一脸为难地对我说:"等爱丽丝长大了,我再告诉你。"不过有一天,我听到爸爸妈妈谈论怪物,终于知道了怪物的真实身份。

但我不会写在这里。因为我跟爸爸约好了,等我长大他再告诉我。

五月六日（周四）

放到外面的蓝玫瑰苗木全都生病了。

爸爸说："还需要改良。"原来的植株一直放在温室里，所以没毛病。这样一来，就再也不能把蓝玫瑰放在屋外了。我本来很期待它跟妈妈种在后院的玫瑰一起生长，真是太可惜了。

那些蓝玫瑰就像我，与别人颜色不同，身上都有缺陷。

五月七日（周五）

爸爸在做基因研究。生物由基因决定形态，如果能自由改写基因，也就能自由改变形态。为此，爸爸正在这里进行研究。

爸爸不怎么表达自己的想法。我问他，你为什么开始研究基因？他只回答"为了达到目的"，并不对我细说。

但我觉得我懂了。那一定是为了妈妈。

妈妈跟我一样，皮肤和头发都雪白雪白。这叫白化病，是负责生成色素的基因不工作的疾病。以前爸爸告诉过我，因为这个病，妈妈从小就被别人侧目（连妈妈的爸爸妈妈也不喜欢她）。

爸爸是为了帮助妈妈，才开始了基因研究。

爸爸把我做出来，一定也是为了妈妈。

只要治愈基因，缺乏色素的头发就能变成金发或黑发。爸爸把我做出来，可能就是为了验证那个想法。

可是，我还是跟妈妈一样得了白化病。

没关系，这头白发恰好证明了我是妈妈的分身。我的发色，跟妈妈漂亮的头发一样。

我从未觉得自己是实验动物，爸爸妈妈对我也很好。所以，我今天也会帮爸爸做研究。

（中略）

五月九日（周日）
家里来了一个陌生孩子。

据说，他昨天夜里倒在了我们家门口。这里离镇上很远，昨晚又下了雨，他来这里做什么呢？

他好像比我小一些，是个目光阴沉的奇怪小孩，我怎么也喜欢不起来。

不过爸爸和妈妈要收留那孩子，还让他给爸爸当助手。

简直难以置信。爸爸妈妈到底在想什么？

更难以置信的是，爸爸让那小孩看了蓝玫瑰。他说，"既然要请他当助手，那是理所当然的。"不过，唔……我觉得爸爸太不小心了，他都不知道那小孩的来历。看来长时间住在山上，让爸爸少了许多警戒心。

决定了，我要保护这个家，绝不让那小孩为所欲为。

（追记）

出到后院时，小孩听到了怪物的声音，可能是从通风口传出来的。爸爸说那是"七十二号样本"，小孩吓了一跳。真活该。

五月十日（周一）
都怪又笨又厚脸皮的埃里克，今天爸爸的讲课一点儿都不顺利。

那小孩昨天突然出现在我家,爸爸妈妈开始管他叫"埃里克"。小孩并没有说出自己叫什么,那好像是爸爸妈妈生了男孩子会取的名字。既然那名字如此重要,我真希望他们不要轻易拿给陌生人用。

埃里克很无知,连我都知道的基因入门知识,他竟然一无所知。不仅如此,他连初中课本的一大半内容都看不懂。不过他才上小学六年级,那应该可以原谅。

至于干活,他倒是很勤快。打扫和洗衣服意外能干——虽然我不想他进我房间,就把他赶走了。给爸爸做实验打杂,帮妈妈打理院子,他都不怎么容易犯错,干得还算不错。应该说,他好像特别害怕挨骂,工作起来畏首畏尾。莫非那是我的错觉?

可是,我不能原谅他打扰爸爸的讲课和实验。

因为我没去上学,从小就听爸爸为我一个人讲课。不仅如此,我还会帮爸爸做实验。现在埃里克负责的杂活,都是我以前干过的工作。这奇怪的小孩突然跑到我家里来,我总有点不甘心。

因为很不甘心,我叫了他大约十次"吃白食的"。这下心情好多啦。

五月十一日(周二)

怎么办。

我跟埃里克一直在起居室聊到刚才,还跟他一起喝了妈妈拿来的热牛奶。我一点都没尝到牛奶味儿。

该写什么好呢。一切都从浴室开始。浴室……不行,实在太丢人了,我写不出来。

那就只写结论吧。我一点都不了解埃里克。

刚才我终于理解了,爸爸妈妈为什么要留埃里克跟我们一起住。不,其实我从一开始就听过了,但没有很好理解。我才是那个笨蛋。

我重读了昨天和前天的日记,羞得想把它们撕掉。

从明天起,我该如何面对埃里克呢?不知道。因为我头一次体会这种心情。既害羞,又苦涩——心跳一直平静不下来。今晚我能睡着吗?

虽然不知道,但我要对明天的自己说一句话:一定要在早上洗澡。

(中略)

六月二十三日(周三)

今天发生了好多事。

我伤害了埃里克。我没有考虑他的心情,不小心说了没用的东西可以扔掉。埃里克离开后,我感到心情非常沉重苦闷。以前爸爸妈妈责备我时,我都没有过这种感觉。

埃里克走后,家里来了警察。我们直到那时才得知埃里克在镇上做了什么。为了保护埃里克,我不会把那件事写下来。我很冷静地接受了那个事实,连我自己都对此感到惊讶。

埃里克最后回来了。他好像躲在什么地方听到了爸爸和警官的对话。爸爸对埃里克(也可能对我)讲了我不知道的故事。埃里克哭了,但我没觉得他没出息。后来我把他带去温室,为了跟他扯平(这么说对吗),把我的故事也对他说了。埃里克虽然有点吃惊,但没有害怕,还对我笑了。他说我很可爱,我感到非常高兴。

吃晚饭前,家里又来了客人。那是妈妈认识的牧师,今天来问候我们。外面下起了雨,我们决定留客人过夜。牧师好像认识我,还说"你长大了"。虽然我们把埃里克的事情糊弄过去了,但妈妈说了奇怪的话,我觉得很害羞。

晚饭后,那个警察又找上门来,不过被爸爸赶走了。埃里克躲在实验室里瑟瑟发抖。

没关系——我会保护埃里克,不会让警察为所欲为。

(追记)
怪物逃走了。
警官被杀了,还在山路上被火烧了。
山体滑坡堵住了道路。
电话也打不通。这种时候线路出问题,实在太可疑了。
之后要——

后院有人。

(留白,换页)

爸爸死了。
他在温室里,被人砍掉脑袋杀死了。

妈妈也死了。
她在房间里,被人刺穿胸口杀死了。

不只是爸爸妈妈，好多人都死了。

我很害怕，一想到那家伙随时都会杀过来，我就忍不住浑身颤抖。

我该怎么办。
为什么会发生这种事。
大家、大家都死了。

一九八二年六月二十四日（周四）」

※

这是怎么回事……

这就是涟看完多米尼克的资料后，毫不遮掩的真实心境。

他站在弗兰基·坦尼尔博士的别墅门前，本来只打算快速扫上两眼，回过神来，却发现自己已经在寒风中驻足多时。

这是日记。整体措辞偏向成熟，不过从"六年级"和"比我小一些"来判断，写日记的人可能只有十二三岁。再看"爱丽丝"这个名字，日记主人应该是个女孩子。文章随处可见的幼稚想法和孩子气的圆形字体，都让人感到与那个年龄相符的可爱气质。

然而，日记内容却不能一概以"可爱"论之。

"一年半以前，我们辖区内发生了一场火灾。"多米尼克压低声音说，"那玩意儿的原物就是在现场废墟中发现的。它被锁在抽屉里，奇迹般躲过了被烧毁的命运。"

木头耐火性比人们普遍想象的更强。涟的祖国有很多木造建筑，火灾后经常存在木柱没有被烧毁，依旧矗立在地基上的现象。尽管表面会碳化，但只要材质隔热性较高，又有足够厚度，那么即使外表被烧焦，内部依旧不会被波及。

换成书桌抽屉，只要用料精良，密封做得好，虽不能保证毫发无损，但完全能在一定程度上防止收纳物品被烧毁。

"原物为笔记本大小，封面和前后几页都被烧得残缺不全，内部也变色严重，不过还是残留了不影响阅读的部分。刚才你看的那些，就是从中判读出来的内容。顺带一提，这东西没向媒体公布，理由你清楚吧。"

不用说，这些内容实在太惊人了，怎能将其公之于众。

尽管有些困惑，涟还是尝试整理了日记内容。

搞基因研究的"爸爸"，患白化病的"妈妈"，以及同样患白化病的日记主人"爱丽丝"，也就是"我"。他们住在远离城镇的山中宅邸，家里有个怪物，被饲养在"那个房间"，宛如隔离处置。

一天——一九八二年五月一日，"爸爸"成功培育了蓝玫瑰。

不久之后，一个叫"埃里克"的孩子误入他们家，然后住了下来。"爱丽丝"一开始有点讨厌"埃里克"，但因为某件事对他敞开了心扉。

"埃里克"好像跟镇上某桩罪案有关系，一名警官还到他们家里去问询了。警察离开后，牧师上门拜访，并在他们家留宿。

——到此为止的记述存在许多疑点，但关键问题还在最后那几页。

怪物逃走，警官被杀死，山体滑坡堵塞道路，电话打不通。"爸爸"和"妈妈"接连遭到杀害，最后"大家都死了"。一行充满绝望的文字结束了整本日记。

培育出蓝玫瑰的人,被切断头部杀死——

"能请你详细讲讲发现这本日记那个现场的火灾案情吗?"

"火灾发生时间是一九八二年六月二十五日,二十时前后。日记最后的日期是第二天。火灾地点是P市北部一座远离市区的山中住宅,周围没有邻居。"

"死伤者呢?"

听到玛利亚提问,多米尼克皱起了眉。

"问题就在这里。一个死伤者都没有。到处都找不到尸体。那是座空房子。"

发生火灾的建筑为"麦考潘公司"所有。那是一个不动产商,根据负责人介绍,那座房子交通不方便,以前转过几手,最近找不到买家,一直空置着。

"起火原因到最后都没查出来。当时推测的结论是:小孩子偷跑进去玩儿,不小心引火烧了屋子。"

"结论——那这本日记如何解释?上面写着有人被杀了,你们就没调查过吗?"

"谁会信那个啊。那里头一开始还写了'蓝玫瑰开花'呢。连我都知道世界上不存在蓝玫瑰,当时P警署没有一个人认真调查这玩意儿的内容。大多数人都认为,那是小孩子拿个笔记本跑到房子里玩小说家游戏。更何况,现场并没有尸体,不存在任何正式调查的理由。"

然而前几天,情况发生了改变。因为蓝玫瑰诞生的消息传遍了全世界。

"当然,两者有可能毫无关系。不过新闻争相报道的蓝玫瑰中,有一个就是日记上写的基因编辑蓝玫瑰。不仅如此,另一种蓝玫瑰的主人还是牧师。这下就很难认定两者毫无关系了。假设日记写的东西都是事实,那就意味着过去曾出过人命,或将来可能要出人命。所以我才拜托你们帮忙了。"

"为什么要找我们去,你们自己就能调查啊。"

"我听说你们很闲。"

"信不信我抽你?"

开玩笑啦——多米尼克嘴角一歪,但很快收住了笑容。

"如果那场火灾是人为纵火,如今P警署一有动作,恐怕会让凶手心生戒备——不过这说法也有一半流于表面,真正原因简单得令人发笑。"

"什么?"

"上头没批准。说是'不认可这是应由公费负担的事项'。"

多米尼克恶狠狠地看着涟等人背后的温室方向。加斯帕似乎一时半会儿不会出来。

涟似乎从他充满苦涩的语气中窥见了P警署内部的阴霾。

内部发生费用时咬死不放,请其他警署做事却毫不犹豫。

这只是臆测。不过从这次的事推断,P警署上层(看多米尼克的态度,加斯帕也包含其中)一定抱有那种想法。

此时多米尼克寻求玛利亚的帮助,可能因为他早已意识到,不这样做就无法对日记一事展开调查——而且他可能确信,只有玛利亚才会不遗余力帮他这个忙。当然,他本人绝不会说出这种话。

然而,事态仿佛在嘲笑他的担忧,朝最糟糕的方向发展了。

"不好意思……我应该从一开始就把话说清楚。"

多米尼克再次道歉,却被玛利亚骂了一句"烦死了"。

"你有时间后悔,不如过来帮忙。这个人情我一定会找你还,听到没有。"

你说得对——多米尼克咕哝道。

"先让我看看现场，我想知道详细情况。"

两人领着多米尼克从窗台再次进入温室，加斯帕正蜷着巨大的身体，蹲在"深海"前方。

他不理睬旁边调查人员脸上的困惑，就像玛利亚在 C 大学的反应一样，着迷地凝视着深蓝色玫瑰。"加斯帕，我把事情经过都说清楚了。"多米尼克冷冷地说了一声。加斯帕没有动。"喂，你在听我说话吗？"他加大音量，身材惊人的警督终于回过头来。

"哦，辛苦你了，好快呀。"

"那只是因为你在偷懒吧。"多米尼克小声咕哝道。

也不知加斯帕听没听见，他并没有说什么，而是站了起来。可能因为看到门口的血字，他朝那边皱了皱眉，又意犹未尽地看了一眼"深海"。

"那么多米尼克，你去询问案件详情吧——你，麻烦你带我到别墅去好吗？"

旁边那位调查人员一脸不情愿地带走了加斯帕。登上踏板穿过窗户的大个子警督，看起来就像水族馆里表演钻圈子的海象。

"等等，那家伙到底来干什么？"

"是啊，要是连你都受不了，我反倒对他肃然起敬了。"

"你那个'反倒'是什么意思？"

涟无视眼角吊起的玛利亚，对多米尼克汇报了目前他们掌握的信息。多米尼克听着听着，脸上就没了血色。

"温室……砍头……白化病少女——样本？！"

"你会感到惊讶很正常。方才你给我看的日记中，实在有太多与现实相似的地方。"

利用基因编辑培育出的蓝玫瑰,在温室惨遭杀害的科学家。

白化病少女。

逃走的样本。

以及,牧师——

"我不知道日记内容有多少是真的,不过既然蓝玫瑰真的诞生了,甚至发生杀人惨案,这一切就不能再解释为巧合了。"

"爸爸"和"妈妈"为何被杀,凶手是谁?"警官"究竟遇到了什么事?"埃里克""牧师"和"爱丽丝"后来怎么了?日记的最后两天,究竟发生了什么?

被囚禁在凶案现场的少女艾琳,究竟跟"爱丽丝"有什么关系?

样本——怪物究竟是什么?

"不,等等啊涟,你怎么说不知道有多少是真的呢?"

"我知道。其中至少有一点重大矛盾——日记里的'爸爸',明显不是坦尼尔博士。"

假设蓝玫瑰一年多以前就被培育出来,而蓝玫瑰的创造者又已经被杀死,那此前跟涟他们交谈,如今又被杀害的弗兰基·坦尼尔究竟是谁?

他的红发上司埋头把日记重读一遍,然后闭上了眼睛。等她重新睁开双眼,那双眸子已经带上了深红的色泽。

"我们去找罗宾·克利夫兰吧。他跟博士同时宣称自己培育出了蓝玫瑰,这绝非偶然。所以,他绝对知道些什么。"

※

"约翰吗？是我，玛利亚·索尔兹伯里……对……你消息真灵通。"涟注视着高速路边加油站的公共电话，玛利亚正在对话筒说话，"我有件事想拜托你——嗯，保险起见……好，你真是帮大忙了。等你弄清楚，麻烦通知我。"

玛利亚放下听筒，返回停车场。等她坐上副驾，涟也坐到驾驶席上发动了爱车。

"他说'军方马上就能查出其中是否有特工介入'。有个无所不知的好朋友真是好事啊。"

约翰似乎也无法保持沉默，或许那意味着，"超人计划"并非纯粹空谈。

加油站在倒车镜里渐渐远去，涟把视线转向前方。

对罗宾·克利夫兰的问询，被交给了涟和玛利亚。

因为他们是调查阵营中唯一与罗宾见过面的人，加之不是P警署人员，而来自管辖坦尼尔博士杀害案件的F警署，行动起来更方便。出于诸多考虑，署长最后也批准了。看来这次还真不能把玛利亚他们排除到调查行动之外。

对艾琳及其他相关人员的身份调查，已经交由F警署其他成员进行。

多米尼克和加斯帕都回到了P警署，准备再把那本日记从头到尾排查一遍。

银发刑警表情始终严肃。部分原因想必是案情与日记的相似性造成了冲击，但关键在于，他早已得到了信息，却无法阻止案件发生，因此后悔不已。此人看似粗野，责任感竟特别强，这点跟玛利亚有点相似。

（你说不能批准？！）

（没有确凿证据的情况下，我不能分人手出来……）

离开前，多米尼克与加斯帕展开了一场接近争吵的对话。坐上车时，他虽然不说话，表情却十分苦恼。

尽管如此——

"涟，你怎么看那本日记？它跟现实如此类似，究竟意味着什么？我们见到的坦尼尔博士和艾琳到底是什么人——"

"他们想伪装成别人，至少比在我的祖国要容易得多。假设正如日记所说，他们'长时间住在山上'，那跟朋友熟人的来往必然不多。"

涟到 U 国之前一直不知道，J 国跟 U 国的个人证明方式完全不一样。

J 国人从出生到结婚，甚至到去世的履历都被记录在"户籍"上——包括父母和亲属关系。

与此同时，U 国却不存在 J 国那样的户籍制度。每个公民的出生、结婚和死亡都被记录在不同账册上，且并非由国家管理，而以州为单位进行记录保管。另外，也不存在将不同账册串联在一起的系统。

因此，U 国实际被用于个人证明的东西，就是社会保险号码。只不过这东西通常要到十四岁前后才能申请。

从犯罪调查的观点来看，这种制度漏洞百出，因此 U 国也随处可见冒用身份的行为。

换言之，J 国仅靠一本户籍就能完成的"个人来历调查"，在 U 国却几乎不可能实现。假设要调查一个人父母是谁，在何处出生，跟谁结婚，孩子叫什么名字，一旦那人搬到别的州居住，就会让调查过程变得极为困难。就算能找到记录，在进一步取证确认前，谁也无法判断其真伪。

其实，以家族为单位进行一元化管理的户籍制度，在世界上反倒比较少见——

"不过问题在于，就算有人冒名顶替，我们也不知道他们目的何在。坦尼尔博士是一名掌握大量专业知识和技能的'研究者'，要找到与之相当的人来冒充并没有那么简单。如果真正的坦尼尔博士一年多前已经去世，那为什么不让其就此死亡，非要辛辛苦苦找个替身来冒充呢？"

"为了夺取蓝玫瑰的研究成果？"玛利亚右手指头点着下颌说，"如果那是世界首例，完全有可能牵涉数额惊人的钱财。所以某些人需要找到博士的替身，作为蓝玫瑰技术的招牌。"

"你说得有点道理。只是那样一来，本应充当招牌的坦尼尔博士，为何又会遭到杀害，而且死状异常？另外，此时博士刚刚发表研究成果，应该尚未获得必然能得到金钱的保证。再说了，这个推断本来就建立在日记关于蓝玫瑰的记述确凿无误的假设之上。"

"难道你想说，那本日记全是骗人的？"

"刚才我也提出，很难断言日记的每一句话都与事实相符。坦尼尔博士一事，以及火灾现场没有发现尸体，这些都是疑点。另外还有一个令我感到疑惑的细节，那就是天气。日记里数次出现'下雨'的记载，然而 P 市极少下雨。"

P 市地处荒野，只能从远处引水才得以发展。那里与位于北面，相隔两小时车程的 F 市不同，被誉为"太阳之谷"，全年晴天较多，降水的日子屈指可数。要是下过一场足以引起山体滑坡的大雨，在当地应该会变成大新闻。

可能多米尼克也清楚这点，所以才没有断言日记讲的是真事。玛利亚或许也有疑问，并没有回话，而是一脸严肃地盯着前方。

尽管如此,他也无法断言那本日记从头到尾都是谎言。那么,该如何解释它与现实的高度重合呢?

不知这趟去找罗宾,能否打探到缺失的信息呢——

※

"你们说的那个时间,我刚送走一位客人。"

十四时许,P市,克利夫兰牧师的礼拜堂。

面对前来问询的玛利亚和涟,牧师站在祭坛前,语气平淡地回答。

"当时有一位J国研究者来参观'天界',我记得名字叫——槙野茜。"

牧师从名片夹里取出名片,递给涟和玛利亚。

那上面印着"AKANE MAKINO"——槙野茜这个名字的英文写法,还有国际电话号码,以及用U国语言拼写的大学名称和学科名称。空白部分有一串手写号码,好像是酒店的电话。

"昨天傍晚十七时左右,槙野女士坐出租车来到这里。我带她参观了温室,随后在牧师房间接受采访——可以用这个词吧。十九时左右,我请槙野女士吃了一顿便饭,再次接受采访——其后,槙野女士说'想研究研究样品',我就把牧师房其中一个房间借给她用了三十分钟左右。"

"样品?"

"我把'天界'的一些花瓣交给她用作分析材料了。技术上的东西我不太懂,不过槙野女士带了一台貌似显微镜的仪器过来。我记得,她结束样品研究的时间,大概是二十一点前不久。后来我便给槙野女士叫了一辆出租车,把她送走了。"

"没想到您竟会接受外国学者的采访啊，还如此豪爽地交出样品。怎么我先前听说，您拒绝了所有采访要求呢？"

"早在一个礼拜前，我就与槙野女士约定了这次会面。而且那不算采访，是配合科学研究。十天前我一发布'天界'的消息，马上有人质疑这是假的，这让我感到非常遗憾。所以我想，无论形式如何，都应该请外部人士尽早得出结论才好。提供样品就是为了这个。我公开'天界'以后，槙野女士是第一个联系我的研究人员，加之她来自境外，应该能做出更公平的判断。"

那不是诡辩，也不是澄清，而是如同向信众传达神的旨意那般庄重的回答。而且内容也非常合理。

"您说那天叫了一辆出租车，能把联系方式告诉我们吗？"

牧师点点头，给出了Ｐ市一家出租车公司的名字。

对罗宾的证词进行分析：从Ｐ市教堂到Ｆ市郊外案发现场，走高速公路也要两个多小时。假设罗宾一直在教堂逗留到二十一点，那他能到达案发现场的时间，最早也要到二十三点以后。然而，弗兰基的推测死亡时间是二十点到二十二点之间，完全赶不上。

"你有车吗？让我看看行不？"玛利亚问。

牧师面不改色地点点头。

罗宾的车就停放在牧师房车库里。

那是一辆深灰色Ｊ国轿车。若涟没有记错，应该是几年前的车型。不过眼前这辆车却好像今天才买回来，干净得闪闪发光。牧师可能注意到涟的表情，不等他问就主动回答："身为牧师，不能让信众眼中出现一丝污点。"

"能让我看看里面吗？"

罗宾打开驾驶座车门，里面的座椅和方向盘都一尘不染。

手刹前方有个小框，里面放着几盒磁带，以及J国某电机厂商生产的小型录音机。

"那是赞美诗。车载音响没法播放磁带，我就用这个代替了——你们要听听吗？"

牧师拿起录音机，娴熟地按下按键。优美的合唱歌声顿时流淌出来。玛利亚一脸难以言喻的表情，可能一脸严肃的牧师连续说出"车载音响""磁带"这种技术用词，操作机械如此熟练，让人感觉有些异样；也可能只是她不喜欢赞美诗。她回答："可以了。"牧师便一言不发地关掉了录音机。

涟看了一圈汽车内部，不动声色地瞥向油量表。

里面还有大半缸油。假设罗宾曾经开着这辆车往返教堂与案发现场，哪怕将J国车低油耗的特点考虑进来，若不在中途加油，油缸也快空了。然而，车里还剩了不少汽油。

向槙野女士询问情况，联系出租车公司查证，到教堂至现场沿途的加油站问话——眼前又多出了几样取证工作，但至少现在看来，并不存在能够推翻牧师证词的材料。

远处传来电话铃声。罗宾说一声"抱歉"，便转身走进了车库另一头的门里。

涟给玛利亚使了个眼色，轻手轻脚地把门打开。只见牧师正站在走廊深处，手中握着电话听筒。

"嗯……夫人吗？那太不幸了…………我知道了，这就过去迎接。时间是……"

那看起来不像秘密谈话，牧师还拿起笔写了几个字。

"明天十七点，对吧……请不要勉强自己……那先这样，愿上帝保佑您。"

牧师放下话筒，涟迅速把门关上。没过多久，罗宾就回到了车库。

"谁打来的?"

"是一位信众。他夫人脚受伤了,希望我明天傍晚开车过去。"

"你连这种事都做吗?"

玛利亚无奈地说道,罗宾看起来并不在意。

"只要有人需要帮助,我就会尽可能伸出援手。我把这当成了自己的职责——尽管这双手不算太长。"

说完那个与他性格毫不相符的笑话,牧师便走了出去。他们本以为他要回礼拜堂,没想到他转向另一侧,往旁边那块地走去。涟和玛利亚也跟了上去。

穿过偏门来到孤儿院旧址,再走进百叶窗环绕的温室中。涟和玛利亚再次来到了这片天蓝色基调的玫瑰乐园。这种感觉与坦尼尔博士别墅的温室有点相像,又略显不同。

室内荡漾着令人心情舒畅的甜美花香。"天界"那无比澄澈的淡蓝色,如今仿佛浸透了深深的悲伤。

门边放着一个带抽屉的小架子,罗宾拉开最上层抽屉,取出看似园艺用的剪刀。他在一株盆栽前蹲下,左手握着剪刀剪断枝条。他仿佛已经忘了另外两个人的存在,动作娴熟自然,好似身处日常。

"这么说可能有借口之嫌。"牧师突然停下动作,用平淡的声音低声说,"坦尼尔博士的事,我也感到很痛心。这种痛心,是因为我见证了蓝玫瑰的诞生,是一名玫瑰爱好者,也是一名传播上帝旨意的人——同为上帝的子民。就算博士的行为看似亵渎上帝,我也绝不能原谅他人代替上帝去施加惩罚。"

"你认为坦尼尔博士之所以被杀害,是因为使用基因编辑技术培育了蓝玫瑰吗？"

"我只能说——不能肯定世上一定不存在怀有那种想法的人。此前我说过，基因编辑是一种罪孽深重的行为，但那只是我个人的看法。其实还有另一种解释——既然上帝赋予人类技能，那凭借那种技能实现的东西，也可以认为是得到上帝允许的。我不清楚弗兰基·坦尼尔博士的为人和人际关系。或许只有夺取博士性命的人，才能道出真正缘由。"

"真的吗？"

玛利亚用暗红色的眸子看着他。罗宾轻挑一侧眉毛。

"您的意思是？"

"你真的一点都不了解坦尼尔博士吗？"玛利亚正面投下了一枚炸弹，"我听人说，你可能跟博士有关系哦。而且博士还说过，蓝玫瑰不可能自然生成。虽然你口口声声说那是'上帝的奇迹'——老实说，这些蓝玫瑰究竟从哪儿搞来的？你真的跟博士素不相识吗？"

"——我不打算断言我们从未擦肩而过。"罗宾微笑道，"身为一名牧师和一名玫瑰栽培者，我去过 U 国各地，一边传授上帝的教诲，一边与当地人探讨玫瑰的培育。当然也曾数次到过 C 州。我与弗兰基博士，完全有可能在彼此不知道的情况下碰过面。玫瑰也一样。诞生在某个地方的品种，可能会翻山过海，被送到世界各地人们手中。我并不能完全把握此前培育的玫瑰来自何处——反过来说，我培育的玫瑰也可能经由他人之手，辗转去到别的地方，而我也不可能知道那个过程。假设有人知道这一切，那只能是上帝了。"

虽然他的措辞委婉谦逊，但后半部分听起来相当挑衅。

牧师的言外之意是：真要追究起来，弗兰基的蓝玫瑰可能也是他培育的品种——或许含有"天界"基因的玫瑰经过各种途径来到弗兰基手中，才最终成了"深海"，谁也无法断言那种可能性为零。

那是知晓一切的刻意挑衅，还是对真相一无所知，单纯指出可能性？涟无法探明牧师内心的想法。

"哦。"玛利亚恶狠狠地瞪了罗宾一眼，"既然如此，不如去找专家问问那个可能性吧。你知道槙野茜今天会出现在什么地方吗？"

※

槙野茜下榻在P市机场附近某家商务酒店内。

从教会驾车行驶约二十分钟后到达，两人径直走进了酒店大门。这里大厅很宽敞，装潢也显得比较高档。

他们在前台借了二楼会议室，在里面等待。十几分钟后，一名女性慌慌张张跑了进来。她看到涟和玛利亚，吃惊得瞪大眼睛。

"哎呀，怎么是你们！"

涟也难以掩饰脸上的惊讶。原来那人就是他们到C大学拜访坦尼尔教授，离开时在校园里碰到的J国研究人员。

"真没想到我们会以这种形式见面啊。我可以称呼您槙野博士吗？"

涟听到那个女性名称的J国研究者时，心中确实闪过一个猜测，没想到世界真的很小。玛利亚好像也记得她，很没礼貌地问了一句："莫非你就是上回那个奇怪的J国人？"还略带反感地看着对方。

"——我研究的是内源性色素……主要是花的色素。"槙野茜做了简短的自我介绍，随即用略显生硬的 U 国语讲述起来，"这次我来 U 国，是为了参加 A 州举办的学术研讨会，另外，也为了进行跟蓝玫瑰相关的调查研究。"

"你到 C 大学去，原来是为了找坦尼尔博士吗？"

看来她跟涟等人时间错开了。

"蓝玫瑰的消息在 J 国研究者中间也成了重大话题。我有个朋友十分不甘心，说被人抢先了一步……没想到事情竟变成这样，我得到消息后也大吃一惊。这是基因工程学——不，是整个科学界的巨大损失。研讨会现场也骚动难平。"

茜在研讨会上听到弗兰基的讣告，又被涟他们传唤，就急急忙忙赶回来了。前几天才见过的人突然被杀害，她实在很难保持冷静，连声音都变得有点尖利。

"请你说说那天去 C 大学的事情。你跟坦尼尔博士都谈了什么？"

"几乎都是关于研究的话题。比如翠雀素的具体分子结构、钾通道基因的萃取元等……博士还说，J 国研究者有关牵牛花的论文让人很受启发。"

玛利亚皱着眉，好像没太听懂。

"当然，我也请博士让我参观了蓝玫瑰——好像被命名为'深海'是吧。'让人背后一凉'，这句话说的就是那种东西吧。最后，我跟博士聊了一点私人话题，不过基本上都是我在说话。"

"你们见面时，博士有什么奇怪之处吗？"

"我感觉有点古怪，但由于不知道坦尼尔博士平时是什么样子，所以说不出是否存在奇怪之处……我只知道，博士是一位十分优秀的研究者。"

这跟涟他们的印象基本一致。这样一来，他们也就打听不到博士是否怀有工作或生活上的烦恼了。

"我听说你昨天还去见了罗宾·克利夫兰牧师。"

涟淡淡引出正题，茜爽快地回答"是啊"。

"其实那才是我这次来 U 国的主要目的。那天我打扰了很长时间，应该给牧师添了不少麻烦。"

她十七时许乘坐出租车到达教堂，参观了温室里的"天界"，采访期间还得到了牧师的晚餐款待。随后，她一个人用光学显微镜观察样品，大概花了三十分钟——牧师帮她叫来出租车返回时，已经过了二十一时。这跟罗宾的证词一致。

"你还专门把显微镜带过去了吗？"

"说起来真不好意思，因为我实在坐不住了。如果站在分子生物学研究者的立场上，问我坦尼尔博士的'深海'和克利夫兰牧师的'天界'哪个更有意思，其实答案是'天界'。用基因编辑技术创造蓝玫瑰，打个比方就像乘坐宇宙飞船到火星旅行。虽然十分困难，但只要技术发展到一定程度，完全有可能实现。

"只是，完全没有经过基因编辑，只靠杂交和变异培育出蓝玫瑰……这就好像连氧气罐都不带，只身潜入世界最深的海沟最底部。在专家眼中，那是绝不可能实现的东西。然而，那样的蓝玫瑰却在现实中出现了。'上帝的奇迹'甚至不足以表达它的神奇。"

"那你的调查结果如何？"

"那是真的。"茜毫不犹豫地回答，"当然，那只是用显微镜观察的结果……花的色素其实只存在于花瓣表面第一、二层的细胞中，内侧则是无色细胞。只要观察花瓣断面，就会发现只有周围一圈表皮有颜色。我也观察了'天界'的断面，确认到只有表面细胞存在蓝色色素。如果使用蓝水染色的花，色素应该会一直渗透到内侧细胞中。当然，花瓣表面也没有发现涂料痕迹。我要回到学校后才能解析基因，但目前看来，并不存在怀疑其真伪的要素。"

这番话印证了涟昨天做出的外行判断。

"你用显微镜观察花瓣的过程都是单身一人？"

"是的——不过途中牧师来找我说过话，还给我泡了茶，我也没有独处整整三十分钟……真正独处的时间，最长也只有十几分钟吧。"

茜的表情仿佛在说：如果条件允许，她真想花上一整天观察样品。看来她真是个热情的研究者。

罗宾说他让茜一个人研究了三十分钟，涟本来对此有些怀疑，但从茜的话来判断，他并没有完全丢下她一个人待着。

"你现在身上有克利夫兰牧师给的样品吗？"

茜点点头，从手提包里拿出一个手掌大小的长方形盒子。

打开盒盖，里面有块透明玻璃板——载玻片。上面放着天蓝色花瓣的切片，还盖着薄薄的盖玻片。与教堂温室中盛开的花朵相比，这份样品少了几分水灵，但从花瓣颜色来看，无疑就是"天界"。

"我本来想直接要一株过来……不过那毕竟是植物，可能会被海关拦截，所以只能退而求其次了。"

此人竟有如此不客气的一面。

"槙野博士，我还想再问一点。你刚才说在 C 大学跟坦尼尔博士谈了一些私人话题，请问具体是什么内容呢？如果方便，请你告诉我。"

"这个嘛……"茜仿佛被打了个措手不及，愣愣地眨眨眼，随后看向天花板。"就是些牢骚话而已。我对博士说,您这边的研究室有这么多女性,我很羡慕。因为女性研究者在 J 国会感觉束手束脚,就连工作以外,每次回老家都会被父母催婚,说'别光顾着研究了,赶紧成家',如此这般……正如我刚才所说,基本上只有我在说话。"

玛利亚眼中浮现出同情的神色。

"可能因为身在异国,我一不小心就说了好多话。啊,话说回来,我想起一件事。坦尼尔博士那天对我说——'我多少能理解你父母的心情'。博士一定也有个女儿吧。如今出了这种事,女儿也真可怜。

"我能说的只有这些了——不知对两位是否有帮助?"

※

"真不好意思啊,这种时候来打扰你。"

艾琳下半身还盖着毛毯,对玛利亚摇摇头说:"没关系。"长长的白发顺着她的动作静静摇摆。

这里是艾琳下榻的 F 市酒店房间。

结束对槙野茜的问询后,涟和玛利亚到 P 警署做了过程汇报。多米尼克好像已经回去了,代他接应的加斯帕嘴里一直念念有词:"这边都忙死了。"

汇报完罗宾和茜的证词,回到 F 市已经过了二十点。上司在旁边叫嚷:"烦死了,何以解忧唯有杜康啊。"涟随便应付着她,勉强把事情做完,到现在已经过了二十一点三十分。对一名少女来说,这个时间确实很晚。

考虑到还有医院检查尚未结束,以及方便今后问询,艾琳今天没有返回 C 州，而是要在 A 州过上一夜。警方已经联系过她的监护人，两人应该正在赶来。

"我也想尽早解决老师的案子……所以没关系。"

恩师死亡，自己被囚禁在犯罪现场。这对十三岁的少女来说，无疑过度残酷了。然而艾琳脸上虽然浮现着悲哀与疲劳的神情，依旧从床上坐起身子，表现得很坚强。

在对白化病少女问询的同时，警方也对坦尼尔研究室其他成员展开了调查取证。他们刚刚才把跟随坦尼尔博士到 A 州参加学术研讨会的人召集到这家酒店的会议室，完成了调查询问。

（没想到事情会变成这样……）

研究室一位名叫丽莎·尼普芬格的博士后研究员双手掩面。（老师是个十分优秀的人——是我一直憧憬的目标……我们的研究才刚刚起步，怎么会——）

后来她就再也说不出话，只能听见声声呜咽了。一同前来的学生们也都双眼含泪……

"你怎么样，身体还好吧？"

听到涟的关心，少女微微一笑。

"医生说'需要观察一段时间，但基本没问题'。"

根据医生的说法，艾琳被人注射了安眠药，她左臂上还残留着注射痕迹。

案发当晚九点前后，她在温室发现弗兰基的尸体，随后遭到袭击。第二天早上得到救援时，她还没恢复意识。涟一直疑惑，单靠颈动脉压迫令她晕倒，怎么会昏睡将近半日。这么说来，凶手果然使用了药物。

"那么……两位想问什么？"

"我们听说坦尼尔博士有个女儿，年龄跟你差不多。你听博士提起过吗?"

玛利亚毫无征兆地直接提问。

槙野茜并没有提到那女儿的年龄,这只是玛利亚虚张声势。艾琳表情闪动了一下。

"没有……我加入老师的研究室还不到三个月……还没熟到谈论私生活的程度。"

她的语气很平淡,却仿佛在说服自己。

"是吗?我听研究室那些人说,博士好像很看重你啊。"

"错觉而已。就算周围的人有这种感觉,那也仅限于研究方面。至少在我看来,博士并没有偏袒我这个人……更何况,如果要说照顾,那不仅是老师,别人也一样啊。我都烦死了。"

她的语气很倔强,仿佛在掩饰羞涩。

坦尼尔研究室的成员说,大家好像都把这个白化病的天才少女当成了研究室吉祥物。他们发现少女和博士没有准时来到约定地点,马上就向F警署报了警,想必也是出于对艾琳的担心。

"那就算了。因为我听到一位相关人员说'家人肯定很伤心',所以就想问问而已。要是换成你,得知父母出了那种事,肯定不止会伤心吧。"

"警监,你到底想说什么?"

"我只是身为一名警官,想知道真相而已。"玛利亚淡然对上了艾琳锐利的目光,"我们有义务抓住夺走你老师性命的凶手。为此,也有可能要揭穿你们一直隐瞒的事实。无论再怎么遭人怨恨也要这样。"

玛利亚站起来,凝视着少女白皙的面庞。

"所以告诉我,你和博士究竟是什么人?"

没有回答。白化病少女躲开目光，咬紧下唇——

"我真的不知道。"她轻声喃喃道，"爸爸和妈妈都没告诉我。我只是自作主张地想，可能是那样吧。我只要现在的爸爸妈妈就好了……所以我不能说。"

"是吗——"

玛利亚长叹一声。

到头来还是没有得到明确证词——不过艾琳的态度和说法，都让涟（恐怕还包括玛利亚）得到了重要启发。

坦尼尔博士与艾琳之间，存在着超出教授与学生关系的某种关联。至少白化病少女心里是这么想的。

"知道了，那你告诉我另一件事。"

"什么？"

"坦尼尔博士超越全世界研究者，率先创造了蓝玫瑰——其中的秘密何在？"

艾琳愣愣地看着玛利亚。

"我们去问时，博士只说'你们看了论文就知道'，并没有详细解释。你既然是研究室的学生，就不可能不知道吧。弗兰基·坦尼尔博士的真正业绩究竟是什么？"

艾琳眨眨眼——隔了一会儿，竟吃吃笑了起来。她方才那种坚强早已消失无踪，反倒露出了与年龄相符的笑容。

"警监……莫非你在想，老师窃取了别人的研究成果？没关系，因为那不可能。老师之所以那样说，是因为真的'看过就知道'。仅此而已……并不是心怀内疚才说那种话。"

"什么意思？"

"你对DNA和蛋白质有多少了解？"

"DNA的碱基序列是一种密码,氨基酸则根据那些密码组成蛋白质。是这样吗?"

"你知道这个,解释起来就简单很多了。DNA通过解读基因密码生成蛋白质。这一机制几乎被所有生命共享,被称为'中心法则'。为什么称其为'法则'?因为人们认为,这是一个单向流程。'DNA生成蛋白质'这个箭头,无论任何生物都趋于一致……所有人都认为,这个过程无法反转。"

瞬间沉默流逝。

"怎么可能……"

"正是如此。"艾琳点点头,"老师的研究总结起来很简单,就是逆转中心法则……'从蛋白质中逆向生成DNA'。"

"既然DNA的碱基序列决定了蛋白质的氨基酸序列,那么反过来——蛋白质的氨基酸序列应该也能决定DNA的碱基序列。这就是老师的研究核心。

"此前遗传工程学的难点在于,DNA编辑的手法极为粗糙。人们只能胡乱切割DNA,像抽奖一样选择片段,然后像掷飞镖一样射向其他DNA,祈祷自己能走运。至于飞镖是否射中,要等样品实际长成后才知道,因此效率极低。

"不过换成老师的方法,最初那个'切割DNA挑选片段'的过程就会很简单。DNA的本质是蛋白质的氨基酸序列信息,而遗传工程学的本质,简单来说就是'让某种生物生成某种特定的蛋白质'……如果一开始能提取出那种蛋白质,那么就可以按照老师的方法,来生成那种蛋白质对应的DNA片段。这样一来,我们就不再需要进行DNA片段的挑选试错,实验会更有效率。"

"有效生成所需基因的技术"——报纸上有这么一句话。那不是专门用于蓝玫瑰的技术，而是简化基因编辑的普适性技术吗？可是——

"按照我的理解，蛋白质有着复杂的立体结构，应该没那么容易读取氨基酸序列才对。"

"问得好。不过，我的答案也很简单。只要解开蛋白质的立体结构即可。把蛋白质放入溶液中，从外部施以某种频率的物理震动，这样一来，蛋白质分子内的氢键就会松开，产生缝隙。此时只要插入别的低分子，将缝隙固定住，就能读取氨基酸序列了……这个方法和促使氨基酸逆向生成DNA的酶，就是老师的研究成果。然后，只要将逆向生成的DNA片段连接到启动子上，组合到对象生物的DNA里即可。"

玛利亚皱起眉，手指顶着下颔，也不知听懂没有。

"坦尼尔博士创造出蓝玫瑰——是因为使用了那种方法，往大量样品里塞了合成翠雀素所需的DNA？"

"简单来讲就是这样。当然，我们先要了解翠雀素的合成机制和那个过程中需要用到的酶，还要令矢车菊素和天竺葵素的合成路径无效化，因此也花了不少时间精力。"

弗兰基本人曾说，遗传工程学就是一连串试错的过程。然而——假设利用艾琳说的DNA逆向生成技术，能让那种试错减少五分之一，那么简单换算下来，研究进展速度也就提升了五倍。

涟内心深处涌出一个疑问。

——当被问到十几年内是否能达到应用水平，博士很明确地否定了。

——目前尚不存在使用脊椎动物体细胞克隆成功的例子。

弗兰基的研究，莫非远远超乎他们的想象？

※

案情发展快得超出了预料。
第二天，人们就在槙野茜下榻的酒店房间发现了她的尸体。

第九章 原型（V）

骗人——骗人。

博士他、坦尼尔博士他竟然？！

"埃里克，牧师？！"

可能听见我的惨叫，凯特顶着一头凌乱的白金色长发跑过来。

"夫人——"

"凯特阿姨，别过来！"

凯特甩开我和罗尼，探头看向温室内部。一阵短暂的停顿。随后她双眼圆瞪，表情扭曲，还抬手捂住了嘴。

"这到底是……弗兰克、弗兰克！"

凯特的身体一软，被罗尼接住了。我也慌忙在旁边帮着搀扶。

现在只能先回房子里去。罗尼抬起凯特一只手臂，绕过自己的肩膀。

我绕到另一头，同时惊恐地回头看了一眼温室。

那里有一块玻璃破了，是大门关上时把手旁边那块玻璃。上面有个跟我手掌差不多大小的洞，想必那家伙是从那里开门进去的。

我无法正视博士的遗体，只得让视线飘向内部——随后发现了不得了的事。

蓝玫瑰不见了。

温室最深处的蓝玫瑰，连同花盆彻底消失了。

※

我帮罗尼扶凯特到屋里，让她躺在起居室沙发上。

电话虽然打不通，但发电机还能运转。微弱的灯光下，凯特从失神中渐渐清醒。她双手捂着脸，指缝里流出呜咽。罗尼抿着嘴，一言不发地低下头。

我也一样，不知该对凯特说什么好。

这都怪我。

都怪我把那家伙放跑了——害博士惨遭杀害。

我不知道那家伙有多少智力，但至少它懂得使用火和剪刀。搞不好，它比我想象的还要狡诈。

既然如此，莫非也是那家伙带走了蓝玫瑰吗？为什么？

"坦尼尔可能发现凶手在后院了。"罗尼凝重的声音打破了沉默，"他从后门出去，想抓住那人，却反遭袭击……详细过程我不清楚，但大体应该如此。"

所以后门才没锁吗？

可是——他为何要一个人去。为什么没有叫上我或罗尼？

"不知道。他可能担心凶手会趁机逃走吧……可是，现在不是讨论这个的时候。夺走警官和博士性命的凶手，就潜伏在宅邸附近。我们必须尽快逃离这里，大家一起步行穿过森林。"

逃离？！

"等等！现在外出不是更危险吗？"

"这座房子并非要塞，此时难以依靠外部救援，躲在房间里等同于主动走上绝路。倒不如去外面呼救，还能有更大的希望。当然，我们要团结一致，时刻警惕凶手靠近。"

可以逃去地下室——我脑中闪过这个想法，但很快想到那里的门闩都在外侧，并没有设计成能够躲藏其中的形式。更何况，大门也有可能被人用斧头破开。不仅如此，要我躲到那家伙曾经待过的地方，我心里非常抵触。

"夫人，您认为呢？"

"嗯……"

凯特从沙发上坐起来。她面色苍白，还带着泪痕。

"我知道了……得把爱丽丝叫起来。"

啊？

话说回来，爱丽丝确实不在。

她睡熟了吗？不过外面如此吵闹，连凯特都出来了，爱丽丝竟完全没有露脸——

我心跳突然加快。

强烈的混乱和恐惧向我袭来，远远胜过了看到警官和博士遗体时的反应——怎么会，爱丽丝呢？！

就在那时——

灯光熄灭了。

起居室瞬间被黑暗包围。周围一阵沉默，雨点激烈敲打着窗户。

停电？发电机停了吗？

"太奇怪了，我们的发电机应该能撑一整天才对。"

凯特低语道。

我感到全身寒毛直竖。

在伸手不见五指的黑暗，我仿佛一脚踏进了散发腥臭的泥沼，心中恐惧不可名状。

"夫人，照明器具在哪里？另外，请告诉我发电机的位置。"

"手电筒和蜡烛都在我们房间里……发电机得到外面才能看到。"

凯特的声音在颤抖，罗尼肃穆的表情更加紧绷。

"我们走吧，这里不一定安全……埃里克，你扶着夫人。"

我点点头，搀扶凯特站起来。

我们在黑暗的走廊上摸索着前往坦尼尔夫妇房间，途中还看了一眼爱丽丝的房间，可她不在里面。

"怎么会这样，爱丽丝……"

凯特的声音开始哽咽。

我也一样，从未感受过现在这样的焦虑。

爱丽丝……她去哪儿了？莫非已经——

我们来到坦尼尔夫妇的房间。凯特浑身颤抖着走进去，里面传来摸索抽屉的声音，随后手电筒在凯特手中亮起，隐约照亮了周围。房间内摆着一张大床和一个衣橱，另有一张书桌，看起来十分简朴。书桌装有大小两个抽屉，小抽屉上有个锁孔。凯特把手电筒放到桌上，又从大抽屉里拿出烛台和蜡烛，用火柴点燃。

"我到外面看看。在我回来前，你千万不要开锁。"

罗尼从凯特手中接过电筒，去到走廊上。我正要跟过去——身体突然僵住了。

就这么跟过去没问题吗？

对这个牧师言听计从真的没问题吗？

那只是毫无根据的妄想，但足够让我停下脚步了。

仔细想想，警官突然出现，警官和博士先后死亡，都发生在这个牧师来访之后。

我一直认定警官的死和博士的死都是那家伙干的。可是仔细想想，其实我毫无证据。

而且……刚才我差点儿被绕进去了，如今重新细想，外面一片漆黑，还下着雨，跑出去求救实在太危险了。

我要如何确定，眼前这个牧师的双手没有沾染鲜血呢？

我正忙着妄想，罗尼留下一句"有事就大声喊"，随后关上了房门，脚步声渐渐远去。

我锁好门，拉上窗帘，回头一看，凯特正坐在床上发抖，嘴里还念念有词。"爱丽丝……弗兰克……"

我连走过去安慰她都做不到。

"对不起。"我忍不住说出忏悔之词，"这都是、都是我的错。"

凯特吃惊地抬起头。

"你在……说什么呢。这不是你的错，你不需要道歉。"

"不对，是我放跑了那家伙。"

我用颤抖的声音告诉她：我在地下室见到怪物，顾不上锁门就逃跑了。凯特瞪大眼睛——却没有斥责我。"原来是这样啊。"她的声音很小，却像平时一样温柔。

"你不生气吗……"

"我听说地下室被打开，心里已经有所猜测。当时你那么害怕，很难想象只是因为警察来了……谢谢你对我说实话。"

"这有什么好谢的！"

凯特摇摇头。

"这不怪你。要怪只能怪我们什么都没说，因为担心你和爱丽丝会害怕。要是我们一开始就把真相告诉你……也不会让你如此害怕了。所以,你不要责怪自己。弗兰克一定也会说同样的话。"

为什么?

我给这家人带来了灾难,她为什么还能对我露出微笑?

许久的沉默。阵阵雨声中,唯独挂钟指针的声音显得格外响亮。

一分钟、两分钟、三分钟……雨声延绵不绝,凯特一直对我投来关怀的目光。就连那平静的沉默都让我痛苦不堪。我希望罗尼早点儿回来。

十分钟过去了,罗尼还是没回来。

焦躁开始膨胀。我不知道发电机在哪里,但只是到屋外去一趟,应该五分钟就能打个来回。莫非他在找爱丽丝吗?要是在房子周围巡视,恐怕会花上这么多时间——

罗尼到底在干什么?

爱丽丝——她在哪里?

十五分钟、二十分钟。他还没回来。凯特脸上也开始浮现不安的神色。我心中的焦虑已经胜过恐惧。

"凯特阿姨,我去看看。"

我打开门,探头查看走廊。一个人都没有,也感觉不到有什么东西潜伏在附近的气息。

"埃里克?!不行,太危险了。"

"我马上回来。你要锁好门,千万别打开!"

我不顾凯特阻止,没拿任何照明器具就离开房间,关上了门。

双腿在颤抖。我想抱头蹲在地上。与此同时,必须尽快找到罗尼和爱丽丝的焦虑,又让我的双腿不断迈出。这让我有种上半身被往后扯，下半身被往前拽的感觉。

一出门就是拐角。我惊恐地探头出去——心跳瞬间加速。

地上有个手电筒。

周围没有人，只有手电筒落在浴室和起居室之间，发出无力的光。

我颤抖着走过去，把它拾起来。这是刚才凯特交给罗尼的手电筒。我照向走廊前方，看不见牧师。起居室门、后门、实验室门、车库门、通往地下室的拐角。然后——

地上有一道拖拽过的红黑色痕迹。

那道痕迹从手电筒掉落的地方，一直延续到起居室门下方。

"罗尼……罗尼？！"

没有回答。我环视周围，手电筒没有照到半个人影。心脏狂跳不已。我拼命忍住喘息，一只手放在起居室门把上。就在那时——

别处传来玻璃破碎的声音。

紧接着是尖利的惨叫。

那是坦尼尔夫妇卧室的方向。

"凯特阿姨？！"

瞬间迷茫后，我全速退了回去。冲向寝室，抓住门把，拧不动。"凯特阿姨，凯特阿姨！"我用力敲门，只听见雨声和微弱的人声，以及什么东西移动的声音。

不可能！

我拿着手电筒绕到后门，冲进雨里，沿着房子外墙奔跑。来到卧室窗前，一切已经晚了。

敞开的窗户另一头，凯特靠着墙壁倒在地上。

她胸口在流血，腿边有一把染红的菜刀。风雨从窗户灌进去，摇曳着桌上的烛火，吹乱了凯特的白金色发丝。

"凯特阿姨！"

我跳进寝室，踩着一地玻璃碎片跑向她。"埃里……克？"凯特隔着眼镜微微睁开眼。雪白的肌肤更加看不到血色，连表情也失去了生命力。血迹的面积不断扩散，明显已经回天乏术。

"太好了……你没事。"

"别说话！"

又是……又是因为我。

要是我留在房间里，多少能阻挡一下袭击者，说不定就能让她逃生了。然而，因为我不顾后果的行动，又一次招致了最糟糕的结果。

"对不起……我就是个瘟神——"

不仅杀死父母，还给这家人带来灾祸。而我连舍命补偿的机会都没有。

"不对……"

凯特摇摇头。连如此简单的动作，她都很吃力。

"能把你迎进这个家……我很高兴。你跟爱丽丝做朋友……那孩子也……很高兴……所以……不要责怪自己。"

"凯特阿姨！"

"找到爱丽丝，你们一起逃走……保护好那孩子……拜托你。"

我用力点头，凯特露出安静的微笑，慢慢闭上眼睛。她再也没有回应我的呼喊。风雨终于吹灭烛火，房间陷入一片黑暗。

我忍不住呜咽。无法挽回的哀痛和后悔涌上心头，化作泪水流淌出来。

我不知道自己失神了多久。实际可能只有数十秒，可我感觉过了好久。

不过，我没有资格一直哭号下去。于是我摇摇晃晃地站起来，对凯特的遗体默默行礼，随后走出房间。

我在走廊上奔跑，一把拉开起居室的门。

虽然早已做好准备，但等待我的光景依旧让心脏几乎停跳。

手电筒的灯光，照到倒在地上的罗尼。

法袍背后满是鲜血。再把光柱照向地面，红黑色拖曳痕迹从罗尼身下一直延伸到门口，再到走廊。

他在哪里遇袭了？莫非是掉落手电筒的地方？凶手从背后刺中他，然后把他拖到这里来了吗——我无比冷静地思考着这些。

突然，我听到呻吟声，牧师的身体抽动一下。

"罗尼！"

我慌忙跑过去。然而那只是牧师的回光返照。"埃里克……快逃……"他嘶哑地呢喃，朝我伸出手——随后手臂瘫软下来，再也不动弹了。

我目睹这一切，已经连眼泪都流不出来。连接大脑与心脏的电路，仿佛在一声炸响中烧断了。

我对他的怀疑以一种最糟糕的形式被否定。如果那时我毫不犹豫地跟上罗尼，他可能就不会遭到突然袭击了——说到底，凯特和罗尼都是我害死的。

我正要站起来，却发现罗尼手中握着一个东西。掰开他的手指，一个小十字架滑落下来。我将它拾起，用手电筒一照，发现背面刻着一堆数字和文字。

他是想把这个给我吗？虽然我根本没资格拥有这种东西……片刻踌躇过后，我还是把十字架收进了裤子口袋里。

找到爱丽丝，然后逃跑。我现在能做到的，必须做的，只剩下这一件事了。为此，就算我双手沾满血污，也忍不住祈祷上帝保佑。

恐惧已经消失。连续目睹亲近之人的死，悲伤和罪恶感早已抵消了恐惧。

我得快点儿找到爱丽丝，这个想法成了我的动力。

保护我们的大人都已不在。笼罩房子的黑暗中，或许还潜伏着杀人凶手。

我需要武器。确定周围没有人后，我穿过餐厅进入厨房，凭借手电筒的光柱和帮忙做饭的记忆，在架子上摸索着找到菜刀。将菜刀插在后腰皮带上，我又跑出了玄关。

我在雨中沿墙行走，来到储物间，打开拉门，将手电光照进去——我险些惊叫起来。

爱丽丝在里面。

储物间里装满木箱、皮口袋和灯油罐等杂物，而爱丽丝则扭曲着身体缩在里面，双眼紧闭。白色长发、皮肤和睡衣上都沾满泥水。

还有——额际的血痕。

"爱丽丝！"

我探身进去将她抱住，感觉到体温和心跳，耳边还传来呼吸声。

她还活着——虽然受了伤，但确实活着。

她怎么被关在这种地方，到底出了什么事？现在没时间思考这些，我们得尽快逃离。

我拔出别在后腰的菜刀叼在口中，背起不省人事的爱丽丝，迈开双腿。

我不知道要走多久才能到镇上,可我只能这样做。保护好那孩子——凯特的临终之言在我脑中萦绕不散。
　　总之先到树林里,绕过山体滑坡的地方前进吧。背着爱丽丝无法翻过栅栏,必须先到路上去。
　　我绕到房子正面,朝大门走去——

　　背后有东西冲过来。
　　我还没来得及回头,就感到一阵强烈的冲击和头部剧痛。

　　菜刀从嘴里飞出,消失在黑暗中。
　　身体砸向地面。
　　爱丽丝的重量和体温从背上消失,只剩冰冷的触感浸透衣服和皮肤。

　　大雨打湿了全身。
　　我被那东西抓住双脚,仰面拖走。

　　旁边传来大盖子被掀开的声音。

　　模糊的视线中出现石头围起的矮墙——我隐约看见了井口。

　　身体被胡乱拎起,扔出。
　　悬浮感。

　　背部感到冲击,世界骤变。
　　冰冷包裹了全身。

我无法呼吸。
水面渐行渐远。我被拉向黑暗深海——

很快,我的意识就被黑暗吞噬了。

第十章 蓝玫瑰（V）

"第一发现者是酒店清洁工。恰好正午时分，她进入房间清扫——然后在浴缸里发现了死者。"

多米尼克一脸苦涩地俯视浴缸。

当时槙野茜的尸体朝天躺着，脖子上还缠着一条白色塑料绳。

十一月二十八日，十四时许。P市某商务酒店，三楼三一五号房。这是位于建筑物西侧的单人房。

玛利亚和涟接到消息一起赶到酒店时，这里已经跟昨天大不相同，到处一片嘈杂。多米尼克和加斯帕各自带着毫不掩饰的苦涩和不愉快，迎接了玛利亚一行。

茜的颈部留有明确勒痕。生前平和的表情变得异常苦闷，双眼圆瞪，舌头吐出。

"推测死亡时间为检验时间的十小时到二十四小时前——参考你们的话，以及其他目击证词，应该是昨夜十八时到凌晨二时之间。死因正如你们所见，是绞杀。从绳子缠绕的情况来看，凶手应该是从背后发起袭击。塑料绳本身随处都能买到，但不是房间里的东西。"

玛利亚咬着嘴唇。

昨天还在这座酒店里跟她交谈过的人，如今脖子上却多了一道骇人的勒痕，瞪着无神的双眼凝视虚空。

又来了。她又眼看着相关人士的性命被夺走了。

"这不是你的错，红毛。"多米尼克平淡的声音里透着深深悔恨。"这是我们的辖区。我们不应该光注意罗宾·克利夫兰，还应该多考虑到其他相关人员的安全问题。"

他们走出浴室看了一眼卧室。这里虽说是单人房，却也还算宽敞。充裕的空间里摆着一张豪华卧床，旁边还有扶手椅和小边桌。墙边放着斗柜，还有大电视、电冰箱……看来是为了长期下榻专门布置而成。

洗手间和卧室都没看见打斗痕迹，莫非是熟人作案？

"其他访客和工作人员的证词呢？"

听到涟提问，多米尼克摇摇头。

"隔壁房间的客人二十二时回到房间，二十三时就睡下了，并没有发现异常情况。周围其他房客的证词都大同小异。工作人员也没有给出重要线索，谁也没留意什么人啥时候进出酒店。"

这是机场旁边的酒店，包含外国客人在内，经常有各种人出入。若非外表奇异，也难怪他们会记不住。

而且案发现场就在逃生梯旁边。凶手犯罪后，轻易就能找机会逃离。

"监控摄像头怎么样？"

"入口有一个，每层楼电梯厅各有一个，不过最长只能保存六小时录像。推测死亡时间前后的录像早就被覆盖，找不回来了。"

这正是最让人挠头的情况。不知是凶手走运，还是早已熟知录像保存时间——从对方没闹出什么动静就把茜杀害的事实来看,后者的可能性极高。

玛利亚尝试在脑内重现凶手的行动。假装访客走进酒店大门,乘坐电梯或走楼梯来到三楼,一边警惕周围以免碰到其他房客,一边走向茜的房间,敲门。随后若无其事地走进房中,趁茜背过身的空隙发起袭击——

不,那样一来……

"凶手不就成了茜熟识的人,连她下榻的酒店和房间号都知道吗?"

"是啊。前台并没有接到关于槙野茜房间号的咨询。恐怕凶手已经事先从被害者口中打听到了房间号……应该这样考虑。"

那样一来,第一号嫌疑人就是——

"罗宾·克利夫兰牧师有不在场证明吗?他从被害者手上拿到了写有酒店号码的名片,当时也有可能获知了房间号码。"

"不,问题就在这里。"多米尼克挠着银发说,"那家伙没戏,因为他有完美的不在场证明,还有堂堂正正的证人。"

"证人?"

"就是我。从发现坦尼尔博士尸体的那天傍晚——也就是昨夜十七时,到今天接到槙野茜被害报案时,我跟其他调查人员一直在罗宾·克利夫兰的教堂前轮班蹲守。要是你说现在已经晚了,我也无法反驳。不过我可以证明,蹲守期间,牧师一步都没离开过教堂。"

彻夜蹲守?

那可是比弗兰基被害一案更强有力的不在场证明。而且多米尼克本身也是证人,更加无从怀疑。

于是——

"真是的,多管闲事。"加斯帕摸着头顶说。这位壮汉警督一直在稍远处听他们三人的讨论，现在则用苛责的目光看着下属。"擅自分走时间人力，结果不仅空手而归，还减少了一名重要嫌疑人，简直太没效率了。"

身体不受控制地动了。

"玛利亚！"

她不理睬涟的劝阻，一把抓住加斯帕的领口。警督口中冒出好似青蛙被踩扁的呻吟。

"你想说'都怪你害我不能让嫌疑人背黑锅'吗？闭上你那张腥臭的嘴，浑蛋海象。"玛利亚沉声盖过加斯帕的惊喘，"我虽然没资格说别人，但至少还有身为警官最起码的原则。效率？别扯淡了。那种话跟办案最没关系，难道不是吗？我虽不是满头大汗吭哧干活的那种人，但也不会查都不查就把罪名安到别人身上。案子不是为了给警察攒小红花用的。"

她说完把手狠狠一松，加斯帕铁青着脸踉跄几步，一屁股坐在地毯上。可能注意到其他警官在看，他慌忙站起来，干咳两声。

"总而言之，今后不要再擅自行动了。马上取消蹲守。"

对多米尼克说完，加斯帕便把玛利亚两人推到一边，离开了房间。

一阵尴尬的沉默。不一会儿，多米尼克无奈地叹了口气。

"真是的……你别吓唬我呀，要是惹麻烦了怎么办。"

"不好意思……一时上火了。"

"没什么，别在意我的事。"多米尼克又挠挠头，然后咕哝道，"我好像明白你怎么这么年轻就当上警监了。"

"啊？"

"没什么，办案要紧。假设凶手的条件正如红毛推论，那还有谁能对上号？"

"可以想到的有坦尼尔研究室的相关人员。几天前，槙野茜曾经拜访过坦尼尔博士。当时别人有可能偷看到了她写有下榻酒店的名片。再有就是槙野茜工作上的熟人——或是在学术研讨会上碰到的某位研究者吧。不过，我们尚未完全掌握被害者在U国的全部行动。另外，虽然是老生常谈，但她也有可能聊到个一夜情对象带到房间里，结果被袭击了。"

"你是说这有可能与坦尼尔博士被害一案无关，只是单纯的敛财杀人？不，那个可能性不大，因为现场还留有钱包和手表等贵重物品。只不过她的行李箱和提包好像被打开过。"

——提包？

"样品还在里面吗？"

"样品？"

"就是'天界'的花瓣。夹在玻璃片上，放在小盒子里——她说那是罗宾给她的。你看见没？"

多米尼克脸色骤变。"喂！"他对附近的调查人员喊了一声。其中一人把正要拿出去的提包又拿了回来。玛利亚接过提包开始翻找。

没有……

昨天茜拿给他们看的"天界"花瓣样品，已经消失得无影无踪。

"行李箱里呢？"

周围的调查人员面面相觑，然后摇摇头。

"喂，等等。"多米尼克哑声说，"你是说，凶手杀害槙野茜，是为了夺走蓝玫瑰样品？"

"不，那就太奇怪了。克利夫兰牧师并不介意'天界'的样品流动到外部。因此我不认为凶手要通过杀死被害者来夺取样品。"

然而，样品确实消失了，金钱和贵重物品却一样没少。不管杀人动机何在，都可以确信凶手对蓝玫瑰抱有一定关心。

"多米尼克，麻烦你派人搜查样品。另外，关于蹲守罗宾的事，能详细说说吗？"

※

"据巴罗兹警官透露，他们在能看见罗宾·克利夫兰的教堂正门和隔壁孤儿院遗址正门的地点安排了监视。不过，至少在监视期间，克利夫兰牧师并没有外出迹象。因为正值礼拜日，教堂倒是有不少信众进出。"

"有无可能从后面翻墙出去了？对方可能察觉到自己被监视了。"

"那反倒会让他引人注目吧，因为他不可能知道警方在哪里监视。"

那倒也是。

这里是F警署会议室。

时钟指向十七点。玛利亚和涟把槇野茜被害一案的调查暂时交给多米尼克那边，返回F市，顺便查看弗兰基·坦尼尔教授被害一案的调查情况。

"约翰，我拜托你那件事进展如何？"

"索尔兹伯里警监，你是否将军方人士错当成跑腿的了？"约翰叹了口气，坐直身子，"我要请各位先明白，这只是我的个人见解。从结论来说，'R国确实存在可疑动向'。"

"真的有吗?"

"联邦调查局得到的情报显示,蓝玫瑰发布后,一名女性开始接触坦尼尔研究室的男学生。经过审查,该女性并没有可疑履历。目前相关部门正在暗中监控,一旦获得确切证据,就着手处置。"

色诱吗?

"不过除此之外,就再也没发现值得注意的动作了。蓝玫瑰刚刚公布,我认为他们没必要杀害坦尼尔博士。要杀死博士,完全可以先花点时间获取情报,再动手也不迟。"

密室状态、血字、头部被切断。如果是特工作案,完全没必要把现场布置成那样。

知道了。玛利亚对约翰点点头。

"涟,其他工作进度如何?"

"鲍勃还在进行坦尼尔博士的验尸工作。已知头部与身体断面一致,指纹也证实遗体确为博士本人。推测死亡时间与死因基本与昨天的初步判断相同……不过他还有个疑点需要查证,暂时出不了正式报告。"

有个疑点?

"粗略报告中提到'遗体右臂发现数个注射痕迹'。鲍勃可能在进一步确认,坦尼尔博士是否像艾琳那样,被凶手注射了安眠药。"

安眠药和注射器吗,这准备可真够周到。

如此一来,凶手是否一开始就打算让弗兰基不省人事呢。最后还让艾琳被卷入其中。

既然如此,凶手最后为何要杀死弗兰基呢——

"保险起见,我还把博士在医疗机构的看诊记录检查了一遍,目前还没得到任何结果。别墅和 C 州家中都没有发现注射器等器具，所以现在只能等待鲍勃的验尸报告了。

"接下来是博士被杀害的现场——温室的后续调查报告。调查人员对包括天花板在内的所有玻璃进行了检查，都没发现曾被拆除的痕迹。目前依旧不清楚身体搬出路径，以及凶手的逃脱路径。"

这也是麻烦事之一。本来可以先把凶手抓起来审问，可现在完全不知道凶手是谁，他们不能忽视任何有可能成为线索的可疑事项。

"博士嘴里不是含着一把钥匙嘛。那是哪儿的钥匙？"

"是温室的钥匙。既然不能否定备用钥匙存在，就绝对无法断言温室门没有被使用。但至少可以这样说：凶手试图发出'自己没有从大门离开'的信息。"

其实那有可能是故意制造错觉，实际就是从大门离开，可能故意让人以为自己制造了错觉，实际是从窗口离开。也有可能另外存在进出路线。然而温室内并未发现疑似地下通道的痕迹——

"约翰，你怎么想？"

"索尔兹伯里警监，我能问个问题吗？"沉默许久的约翰一脸困惑地翻动手头资料。"为什么你要把我拉进来讨论？不是不能轻易让外人看见调查资料吗？"

"你跟我们一起听过被害者生前的讲话，所以你也是相关人员。多少给点建议嘛。"

会议室里只有玛利亚、涟和约翰三人。会议名目是"对案发前与弗兰基·坦尼尔博士见过面的人物进行问询"。因为嫌麻烦，她没有告诉署长。

青年军人张口要反驳，最后还是认命地叹了口气。

"我觉得应该是从窗户进出吧。根据你的介绍,温室窗户和窗户内侧的藤蔓并没有物理连接,这样一来,凶手完全可以用某种方法在藤蔓与窗户间制造缝隙,钻过去跳窗离开。我觉得事情就是这么简单。至于窗户搭扣,可以用线之类的机关从外面扣上。用手抬起藤蔓会将其扯断,那是因为力量都集中在握住的部分吧。比如——将一根长棍插进藤蔓与墙壁的缝隙,再从藤蔓缝隙里伸手进去拉动长棍,力量就不会集中在一点,而是分散成一条线,于是藤蔓也就不会被扯断了。"

"我们也基于这个想法,尝试过好几种方法。可是从结论上说,掀起藤蔓钻过去的可能性基本为零。"

"那是什么意思?"

"因为凶手必须将藤蔓掀起的状态保持一段时间。窗户位于墙壁中部,而一整面从天花板垂到地板的长帘子覆盖了全部窗户——请你想象那种情况。地面到窗户下缘的高度在成年人腰部左右,假设窗户处在开启状态。好了,尼森少校。你认为存在身体不触碰窗帘,同时钻出窗外的可能性吗?"

约翰闭上眼睛,没过一会儿就为难地咕哝道:

"不太可能啊……假设能掀起窗帘,为了钻出去也要把手松开,而那个瞬间,窗帘就会因为重力马上贴回墙上。如果窗户高于地面,那么至少在翻过窗户下缘之前,要一直把窗帘保持在掀起的状态。"

"而'保持掀起状态'比想象中要困难得多。假设如你所说,可以将一根长棍插进缝隙间,使藤蔓离开窗户。但是考虑到窗户高度和翻过去的时间,就无论如何都要固定住那根长棍。这样一来,就得加上支柱——根据我们的尝试,至少需要两根。必须把支柱撑在地上,另一头连接横放的长棍。只是,现场并不存在那种痕迹。"

"完全不存在？"

"温室墙边，稍微远离藤蔓的地方有一排直接栽种在土地上的植株。那些植株周围存在土地被翻动的痕迹，恐怕是为了施肥吧。但是——我们并没有发现棍子被拔出的痕迹。另外，可能因为平时要通风换气，窗户周边的土地几乎都被踏实了。"

唔。约翰一脸困惑地抱起双臂。

"就算能用某种方法在竖起支柱的同时不留痕迹，那凶手也要一手掀起藤蔓，只用另一只手完成连接支柱与横杆的工作……根据参与实验的调查人员报告，'藤蔓非常重，就算是成年人也很难一直拉着不放'。"

就算使用横杆分散力量，那也仅仅是分散了施加在藤蔓上的力量，掀起藤蔓的人要费的力气一点都没有减少。

"我们也尝试过其他方法，要么横杆不稳定，要么藤蔓严重受损，总之都以失败告终。一连串尝试只证明了一点——在藤蔓与窗户间制造间隙的工作十分困难。"

"那有无可能硬钻过去？你刚才举的例子，前提是'不让身体触碰窗帘'，但我们并不知道凶手是否遵从了那个前提。凶手有可能强行挤进藤蔓与墙壁之间，再打开窗户逃出去啊。"

"那藤蔓上应该留下一大片凶手身体接触的痕迹，然而现场并没有发现那种痕迹。"

"——警官从温室救出艾琳时，不是把窗户打碎了吗？那里怎么样？当时藤蔓应该跟窗户一起被扯断了吧。那原先就算有痕迹，现在也查不出来了。"

"我找两位警官问过了。打破窗户前他们特意检查过藤蔓，并没有可疑痕迹。"

还是不行吗？

那样一来——

"艾琳看见的博士尸体，是真的吗？比如——其实那只是个充气人，等艾琳晕过去以后，凶手把里面的空气放掉，从天窗钩上去拿走，只把真正的脑袋从窗外扔进去。"

"做这么麻烦的事，究竟意义何在？再说了，这根本回答不了问题啊。就算是从外面把脑袋扔进去，那门口的血字怎么解释？难道也是从外面写上去的？"

约翰连连摇头，仿佛在说这个想法真是太愚蠢了。好失礼。

不过他的说法确实戳中了痛处。血字虽然潦草，但每个字都能清晰读取，丝毫没有震颤的痕迹。从远处伸一根棍子进去，绝对写不出那样的字。

而且仔细想想，要把脑袋扔进去，也得先等很长时间，否则断面一定会血液飞溅。而现场并不存在那样的血迹。

另外，弗兰基的嘴里含着钥匙。如果乱动，钥匙可能滑落出来。考虑到头部位置与窗户的距离，从外部用长棍等工具事后塞入钥匙也很困难。只能认为，弗兰基的头部没被动过。

莫非……

凶手之所以把钥匙塞进弗兰基嘴里，是为了抹除博士头部被动过的可能性？

"算了，这件事过后再讨论吧。涟，博士推测死亡时间前后，相关人士的不在场证明查得怎么样了？"

"除艾琳以外的坦尼尔研究室成员都确认到了不在场证明。参加学术研讨会的人当时正在飞机上，其他人则留在了 C 州。然后是克利夫兰牧师，我们已经从出租车司机那里获得了证词。正如牧师和槇野茜所说，司机二十一时许前往教堂，把槇野茜送回了酒店。另外，司机还在教堂跟牧师交谈了几句。我们还查了别墅与教堂之间的高速公路加油站，目前尚未发现疑似克利夫兰牧师的目击信息。"

如果途中不加油，从教堂往返案发现场，会让油表接近于零。但牧师的汽车油量还有一大半。

"他会不会自带油桶准备好了燃料？"

"即便如此，也需要加油站店员给油桶加油，另外犯罪后还需要处理掉那个油桶。目前为止，我们并没有收到发现便携油桶的信息。"

牧师的不在场证明基本确定吗……

推测死亡时间是二十时到二十二时。从教堂到案发现场，单程要花费两个多小时。假设二十一时从教堂出发，到二十二时还在半路上。

——半路？

"实际杀害现场并不一定是博士的别墅吧？比如，他可以把博士叫到教堂与别墅的中间地点，然后于二十一时匆忙离开教堂，二十二时与博士碰头，直接咔嚓。怎么样？艾琳只是看到了博士被杀害后的光景，并非杀害瞬间。谁也不知道博士究竟是在温室内遭到杀害，还是在外面被杀，然后又被搬到里面去了。"

这样一来，跟现场的往返距离就只剩下一半，还能勉强赶上推测死亡时间。

"你的意思是，博士的实际死亡时间是二十二时前后？艾琳小姐发现博士尸体的时间应该是二十一时，两个时间对不上。"

"手表指针太容易动手脚了。艾琳看到遗体后遭遇袭击，不就证明凶手也在艾琳附近吗？"

"玛利亚，很遗憾，你的推论有几处难点。"涟用一点都不遗憾的声音对她说,"假设博士与凶手在中间地点碰面,那么在此期间,艾琳又在哪里、干什么呢?博士把采购来的东西搬进别墅后,马上就被凶手袭击了。这是我们当初推测的犯罪过程。要是真正的杀害现场是你口中的中间地点,那证明凶手没有出现在别墅,而博士则直到二十一时都待在别墅里。难道说,那段时间就一直把艾琳扔在车里不管吗?"

啊——

"弗兰基一不小心忘记了?"

"然后又带着副驾上的艾琳开车去了中间地点?那也太说不通了。我要是博士,绝不会让一个小女孩深夜二十二点睡在副驾上,而是会让她回房间,然后将约定地点改为别墅。

"还有一点,就是汽车的动态。发现遗体时,博士的汽车停在别墅旁边。那就是说,按照你的推论,凶手在中间地点杀害博士,把自己的车留在那里,驾驶博士的车把遗体运到了别墅。

"在别墅完成一系列动作后,凶手打算怎么回到中间地点呢?难道使用折叠自行车或摩托车?虽说是晚上,一旦被人见到,那个样子就太显眼了。还是说,博士的别墅里正好有别的交通工具?"

玛利亚被他说得哼都哼不出来。

她靠在椅背上看着天花板。至少在推测死亡时间的二十一时前后,凶手必须身在别墅范围内啊。

推测死亡时间?

"对了!我们一直以推测死亡时间是二十一时前后为前提,但那个时间真的没错吗?"

"你是说尸检出错了?"涟微微皱起眉头,"那不太可能吧。你应该也知道鲍勃的专业过硬。"

"我不是那个意思。博士的身体不是被埋在树林里了吗,不过多亏放在上面的'深海'花朵,我们很快便发现了尸体,还近乎正确地推断出死亡时间……假设没有那朵'深海',你觉得会怎么样?"

"发现时间延迟,导致推测死亡时间不明确——"约翰瞪大眼睛,"索尔兹伯里警监,你是想说,那朵'深海'是为了让尸体尽快被发现,好确定推测死亡时间吗?"

"反正我想不到别的理由。既然如此,凶手为何想确定推测死亡时间?想必是因为那样对他有好处。那么可能性就只有两个。要么是凶手用某种方法伪造了那个时间段的不在场证明,要么就是推测死亡时间本身被动了手脚。

"行凶现场是温室对吧。那么,凶手完全可以让室内温度升高到极限,加速尸体腐化进程,对不对?如果实际犯罪事件比二十一时晚很多,那现在这个时间的不在场证明就会变得毫无意义。"

涟盯着玛利亚,随后看向上空,不一会儿又把视线收了回来。

"胡说八道。"

他毫不客气地说。

"为、为什么啊?"

"请别总是让我重复同样的话。艾琳要如何解释?你说的伪造推测死亡时间的推论和中间地点假说存在同样的疑点——博士为何把她长时间扔在车里不管。"

玛利亚无言以对。假设凶手来到别墅的时间比他们推测的晚很多,那就意味着弗兰基在此之前一直活着,同时还让艾琳一直睡在车里没去管她。

约翰也抱起了双臂。

"仔细想想,用温室加热尸体其实挺困难吧。温室里有'深海',还有很多别的玫瑰花。如果人为升温,肯定会对那些花造成影响。但实际上,温室里的花朵并没有遭到破坏的痕迹。就算你的说法正确,那槙野茜被杀害一案又如何解释?P警署的调查人员一直在蹲守克利夫兰牧师,所以你们无法怀疑到他头上。"

"讨厌!"假说被彻底推翻,玛利亚烦躁地挠起了头,"那你们怎么想啊?"

"目前没有任何想法。不过,如果罗宾·克利夫兰牧师与这两起犯罪有关,就算不仔细排查他的不在场证明,也另有一个充分合理的解释。"

"另有解释?"

"就是共犯啊。他确保了自己的不在场证据,然后让共犯行凶。这样解释起来更单纯。"

一阵沉默。

"你是说,克利夫兰牧师可能在暗中操纵他人作案吗,而槙野茜也同样是共犯所杀?"

"这只是假设他真的跟犯罪有关系。或许实施犯罪的人跟克利夫兰牧师没有关系,只是出于自己或别人的意愿犯下暴行。不管怎么说,最好都不要认定实施犯罪的人已经被包含在目前的调查范围内。"

虽然她过于拘泥牧师是凶手一说,可听完那番话,她又觉得正如涟所说,当前没有任何证据证明凶手跟罗宾有关系。

不,等等。

"凶手早就知道弗兰基案发当天会在别墅,而且还知道别墅地点吧。"

"那么,凶手——或者说共犯,会不会是跟博士非常亲近的人?"

涟和约翰看了看彼此。

对 F 市的租车公司进行问询后,基本确定弗兰基经常到这座别墅来——毕竟不是每次都花将近七小时开车过来,而是飞到附近的机场再租车开到别墅。然而,他们几乎没有得到博士带人过来的证词,前几天带艾琳出去采购是唯一的例外。

"假设那是对的,"约翰表情严肃起来,"莫非是艾琳小姐?!不,距离博士被害现场最近的人确实是她。"

玛利亚也害怕得出这个结论。

既然收据还留在厨房,那么她跟弗兰基一起出去采购又回到别墅的情况便是事实了。然而,在车里睡着,然后在温室发现博士的尸体,这些都只是艾琳单方面的证词。如果那是伪证,那他们目前为止进行的讨论就无处落脚了。

"我无法否定那个可能,只是——"涟用冷静的声音镇住了有点混乱的约翰,"我认为,艾琳做伪证的可能性很低。"

"理由何在?"

"她在温室被发现时,双手捆在身后,而且还是不可能自行完成的捆绑方式。由此可以证实,除她以外,现场曾经存在另一个人。其次,如果她本身参与了犯罪,那完全没必要特意做出'我被关在温室里'的证词。因为两次制造密室状态,反倒会引来多余的怀疑,降低自己证词的可信度。她只需说'正要进入温室时遭到袭击'就足够了。她甚至不需要提供'看见博士尸体'这种信息。往极端说,如果只想限定犯罪时间,单纯一句'二十一时遭到袭击,醒来后已经被绑住'就可以了。因为证词包含的具体信息越少,就越能把破绽维持在最小限度。"

约翰似乎不得不认同涟的推论,低声沉吟了两句:

"可是，如果不是艾琳小姐，那你说的共犯究竟是谁？动机何在？坦尼尔博士和槙野茜为什么要死？"

凶手提前知道弗兰基在案发当天的动向。与此同时，在凶案发生前一刻，艾琳还被扔在车里不管。反过来讲，就是凶手漏掉了艾琳——是否可以认为，凶手并不知道有人与弗兰基同行？

那样一来，坦尼尔研究室成员就自动排除了嫌疑。因为正是弗兰基本人在研究室内招募一起去别墅的人。

凶手不是研究室相关人员，而是弗兰基的私交？

"目前我们还无法缩小可能性范围。"涟摇着头说，"可以想象一连串事件都发端于'爱丽丝'的日记……然而日记内容究竟有几分真实，最后的日期之后又发生了什么，这些我们都无法判断。因此，再怎么建立推论，都只是臆测而已。"

"关于那本日记，里面提到的人都证实身份了吗？"

"爱丽丝"和艾琳，"爸爸"和坦尼尔博士，以及——"牧师"和罗宾·克利夫兰究竟有什么关系？

"首先是艾琳——从结论来说，她并不是现在这对父母的亲生孩子。"

——我是谁？

玛利亚想起课堂笔记上的字迹……果然如此啊。

"我们已经向她父母——迪利特夫妇确认过了。艾琳是他们从孤儿院领养的女儿。保险起见，我还对比了双亲和艾琳的血型。父亲是O型，母亲是AB型。而艾琳是AB型，亲子关系基本不可能成立。"

"你怎么知道，她母亲不也是AB型吗？"

玛利亚刚提出疑问，左右两边就射来无可奈何的目光。

"索尔兹伯里警监，你在开玩笑吗？"

"这可是遗传规则的典型例子,你身为警官竟然不知道吗?包含人类在内,众多生物都带有彼此支撑的两套染色体。在繁衍后代时,父亲和母亲各遗传一套自己的染色体。用 ABO 血型来说,A 型的染色体为'AA'或'AO',B 型为'BB'或'BO',O 型为'OO',AB 型则是'AB'。放在迪利特夫妇身上,只要不是顺式 AB 这种极为罕见的血型,从父亲那里继承的都是'O',从母亲那里则继承'A'或'B'。那么孩子得到的组合就是'AO'或'BO'——只能是 A 型血或 B 型血,不可能是 AB 型。真是的,没想到你连这种最基本的知识都没有……要是让你父母知道,肯定也想重新确认一下你的血型了。"

"吵死了!"

这讨人厌的下属怎么每次都多说半句话。

"艾琳不是迪利特家的亲生孩子,这我知道了。那她是何时被领养的?原本又是谁家的孩子?"

"他们拒绝回答。而且领养时,迪利特夫妇也跟孤儿院约定,尽量不让艾琳本人听到与身世相关的信息……不过我认为,其实她真正父母的意愿在其中起了很大作用。或许迪利特夫妇也不知道艾琳真实父母的身份。不过我准备从另外的途径展开调查。"

"那对夫妻的履历你查了吗?"

"他们都是很普通的 U 国公民,并没有确认到与敌对国家及可疑组织的联系。"

纯粹是出于善意的领养吗?

已知艾琳与迪利特夫妇没有血缘关系,那么根据日记和课堂笔记的提示,她就有可能是坦尼尔博士的女儿了。

可是,那跟坦尼尔博士被杀害又有什么关系呢?

另外,日记跟这次一连串的事件又有什么关系呢?

当中必定存在某种关系。然而，她完全想不到究竟是什么关系。如涟所说，日记本身的可信程度就存疑，这让情况更复杂了。

如果创造了蓝玫瑰的"爸爸"真的遭到杀害，那这次被杀的坦尼尔博士又是谁？"爱丽丝"和艾琳，"牧师"和罗宾有什么关系？

——"七十二号样本在看着你"。

日记上写的"怪物"，莫非就是涟说的共犯吗？

另外，"埃里克"和"爱丽丝"后来怎么样了？

时至今日，为何他们之间再次发生了谋杀……

"还有呢？弗兰基和罗宾的身份查到多少了？"

"关于坦尼尔博士，我们只查到高中以后的履历，目前无法确认是否有家人和亲属。不过弗兰基好像从高中开始就一个人生活——可能因为多次搬家，居住地记录存在很多空白，在C州定居后也依旧维持单身。看来是确实没有关系亲密的家人。或许，博士从一开始就是孤零零一个人。"

孤儿……吗？

"找到实验笔记没？如果能分析内容，至少应该能判断那个博士是真是假。"

涟摇摇头表示没有。

"研究室和博士在C州的住处都没找到那样的笔记，看来有必要认真考虑，那可能被凶手带走了。"

莫非实验笔记里记录了对凶手不利的事情吗？难道弗兰基就是因为那个遭到杀害？

可是，蓝玫瑰的研究成果本身毫无可疑之处。那么，笔记本上还记录了什么秘密呢？

"槙野茜曾说博士好像有个女儿，你找到记录证实这一点了吗？"

"我们查了 C 州的婚姻登记和出生登记，且不论记录是否存在，要得出结论可能需要很长时间。再加上，我们并不知道结婚和生育是否在 C 州进行，博士也有可能并没有与任何人缔结正式的婚姻关系。把是否伪造身份这点也加进来，恐怕一两个月都查不清楚。"

那也太久了。

"然后是罗宾·克利夫兰牧师，他的履历相对更明确。此人原本是 O 州某教会的孩子，一九六四年从神学院毕业成为牧师，第三年父亲去世，教会由他继承。七年前，他把父亲的教会交给别的牧师管理，转而接手了没有继承人的 A 州教会——也就是现在的克利夫兰教会。从此，他就以 A 州教会为据点，运营礼拜等教会日常活动的同时，还在 U 国各地进行传教活动。"

并且在闲暇时搞搞园艺，奇迹般创造了蓝玫瑰……吗？

"不过我们也没查到牧师尚在世的父母和婚姻记录。只知道他确实是一个人住在教会里。"

"博士跟牧师存在接点吗？"

涟对约翰的问题摇了摇头。

"假设日记的部分内容属实，那两人至少在去年六月有过接触——但按照目前掌握的信息，我们无法断言他们到底是见过还是没见过。弗兰基·坦尼尔博士从一九八二年一月开始，向大学申请了一年停职。其理由是'生病疗养'，但我们并未发现博士的就医记录。

"与此同时，根据巴罗兹警官的调查，罗宾·克利夫兰牧师去年六月曾在 U 国各地巡回传教，但并不知道他具体访问过什么地方。

"为保险起见,我们也在调查艾琳·迪利特的履历……但如我刚才所说,迪利特夫妇缄口不言,而艾琳本身也经常因为身体不适而请假,目前无法查证她在日记叙述时间内的动向。"

"连是否存在龃龉都无法确认吗……真让人头大。"

"倒也不一定。现实与日记不一致之处,首先是坦尼尔教授,其次是天气矛盾。还有一点,就是日记中暗示的大规模杀人案,并没有留下任何记录。"

如果发生过有好几个被害者的案件,不管大小必定会成为新闻。然而按照涟的说法,他们没有发现任何跟日记内容相似的大规模凶杀案的报道和调查记录。

"那本日记难道是把蓝玫瑰相关人员当成了登场人物的虚构作品?"

"这很难说啊……"

"嗯?"

"定义杀人案的条件是什么?不是发现尸体吗?如果尸体全都被凶手处理掉,又没人向警方提交失踪调查,那调查本身就不会发生。多米尼克他们之所以没有把那本日记当回事,还不是因为从未发现过相似情况的尸体。"

"你是说,整个案件本身都被藏匿了……"

约翰抱起胳膊沉吟道。

不过,尸体被藏匿一说充其量只是臆测。只要尸体不出现,就既无法证明,也无法反证。

"我们将做进一步调查。"涟合起记事本,"首先从日记与现实龃龉最大的部分开始,调查过去是否发生过大规模凶杀,以及坦尼尔教授的——"

外面突然响起敲门声。一名调查人员打开门,朝里面招招手。涟马上站起来走出了会议室。

几分钟后,他又一脸紧迫地走了回来。

"玛利亚,紧急事态。巴罗兹警官刚才传来消息。罗宾·克利夫兰牧师遇袭了。"

※

"等等……这是怎么回事??"

玛利亚看了一眼罗宾·克利夫兰的温室,忍不住惊叹一声。

"天界"不见了。

昨天还成片开放的天蓝色花儿,如今消失得无影无踪。眼前只剩下种在花盆和地里的红、黄、白色花朵,以及覆盖四周的藤蔓。藤蔓上随处可见骇人的断面。

接到多米尼克联系两小时后,二十时许,玛利亚一行赶到教堂时,现场周围已经黑了下来。

这里没有路灯,又远离民居,道路边上闪烁着一串串警灯。温室光线昏暗,只有透过藤蔓、玻璃和百叶窗缝隙照进来的一点点光,给周围提供了朦胧的光亮。

温室门口正对的那面玻璃墙上开了两个小洞,龟裂的纹路从小洞中心呈放射性向外扩散。

"罗宾·克利夫兰就是在这里遇袭的。"

多米尼克垂下目光。温室内部有一片血迹,还有点点血痕朝门口移动。

"胸、腹、肩膀各被一发子弹击中,不过他好像还有试图呼救的体力。最后他倒在孤儿院旧址的正门外,被正好路过的信众发现了——发现者说,牧师过了约定时间都没出现,又不接电话,他出于担心就来看了一眼。"

是昨天给罗宾打电话的信众吗?

"克利夫兰牧师现在情况如何?"

"在医院。虽然还有一口气,但好像情况很不乐观。究竟能不能好转,那还真要看上帝的旨意了——怎么样啊加斯帕,这下可能要找到凶手了。真有效率啊,对不对?!"

多米尼克恶狠狠地说。加斯帕站在门口附近仰望天花板,表情非常僵硬。毕竟在他下令解除对教堂的监控后,重要嫌疑人马上就遇袭了。不管事由如何,自然免不了挨一顿责难。

"现在还不确定他是不是真的被袭击了。"连他的反驳都显得缺乏力道。

"你说什——"多米尼克上前一步,涟迅速将他拉住了。加斯帕看也不看下属,逃也似的离开了温室。

"那个浑蛋。"

多米尼克咂一下舌,随后露出苦笑。"抱歉,让你们看笑话了。"

"那种事不重要。凶手有线索吗?温室这个鬼样子又是怎么回事?"

"鬼样子?"

多米尼克歪过头,仿佛不明白玛利亚在说什么。玛利亚正要回他一句你是不是睡蒙了,突然反应过来。他们向罗宾询问情况时曾经进过温室,但多米尼克等人只在教会门外蹲守,并没有看过温室内部。

涟把情况说明了一遍,多米尼克闷哼一声。

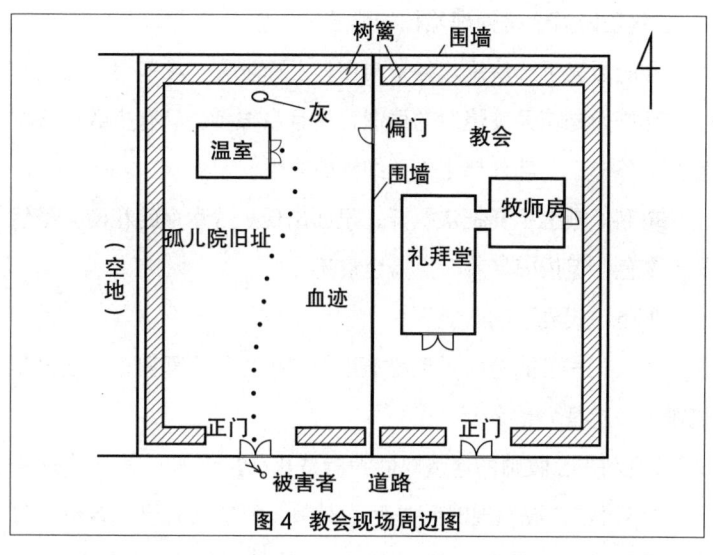

图 4 教会现场周边图

"原来是这样啊……我就奇怪怎么没看见蓝玫瑰。跟我来，在这边。"

他走出去对两人招招手。走到温室光亮照不到的地方，多米尼克拿出手电筒照向地面。

"我还以为这是处理残枝的痕迹……你们看。"

光圈照亮了一块烧焦的塑料布，上面堆着一堆灰烬。

那好像是花朵焚烧后的残骸，而且量很多。只有少数还残留着花朵外形，大部分都化作了细碎的灰烬。

玛利亚戴上手套把灰扒开，里面出现一片幸存的花瓣。虽然有点变色，但依旧带着一点蓝色痕迹。

那是"天界"的残骸。

某人——可能是凶手把温室里的"天界"全部剪走，在这里烧毁了。这是为什么？

"克利夫兰牧师的遇袭时间大概是几点？"

"不清楚。被发现时间是两小时前，但他当时已经奄奄一息了。周围没人听到枪声。毕竟这里远离民宅，还套着消音器，实在没什么指望。"

"凶器被留在现场了？"

"温室角落发现一把自动手枪。然后还有五个空弹壳，另有一颗子弹卡在了枪膛里。"

玻璃窗上有两处弹孔，被害者身中三枪。若没有贯穿伤，这个数量就能对上。假设没有卡膛，罗宾恐怕还要再中一枪，极有可能当场毙命。

"从这里开始就有点麻烦了——现场发现的手枪枪托上留有清晰血手印，形状大小跟牧师的手完全一致。据说牧师被发现时，手上也满是鲜血。且不去管详情，可以肯定牧师曾经握住了凶器。"

罗宾的手印？

现在还不确定他是不是真的被袭击了——加斯帕那句话原来是这个意思吗？

"你说，这有可能是自导自演？"

多米尼克摇摇头。

"有可能是凶手故意让他握住凶器，伪装成这种情况。虽然我支持这个说法——但正如加斯帕那浑蛋所说，目前尚未出现否定自杀未遂的证据。"

既不能断定为伪装，却也不能否定吗？这种情况确实很让人头大。

不对，等等。他们好像忘记了很重要的事情。

对了，那是——

"凶器上的手型是左手还是右手？"

多米尼克翻开记事本。

"是右手，不会有错。"

"那就不是自杀未遂了。罗宾·克利夫兰是左撇子。"

前几天他们去问询时，罗宾是用左手剪枝的。"门口架子上应该有一把园艺剪。你找人确认一下，那是不是左撇子专用的工具。"

多米尼克脸色一变，跑向架子。他戴上手套拿起园艺剪，随即咕哝一声："……混账东西。"

有结论了。

凶手枪击罗宾，让他握住手枪后离开了。之所以没有下杀手，可能是因为子弹卡膛。凶手逃离后，一息尚存的罗宾试图走向门口呼救，刚到门外就倒下了。

当然也不能排除罗宾本人技高一筹，故意制造矛盾上演了一出看似他杀的自杀未遂——但玛利亚的直觉告诉她，那不可能。若要伪装成他杀，没必要特意在凶器上留下手印。只要仔细调查罗宾的伤势，应该就能发现是否为近距离射击。

凶手是别人。他正在接连袭击跟蓝玫瑰有关的人。

真相尚不明确，但只从眼前的事实来看，玛利亚的预感似乎正中目标。

必须要阻止那个人。绝不能再让凶手制造任何牺牲者。

"涟，给署里打电话，让他们给艾琳和坦尼尔研究室的成员安排警卫。署长的许可过后再说！"

"知道了。"

这种时候，涟绝对不会多说半句话。他转身快步走向教会。玛利亚看着下属的背影，兀自挠起了头。

弗兰基·坦尼尔遭到杀害后，包括自己在内的警方所有成员一直处在被动接招的立场上。别说追查凶手，他们连嫌疑人都找不出来。

爱丽丝的日记本来是最大线索，可他们连个确证都找不到。能让涟如此停滞不前，莫非正如约翰所说，日记内容本身就是虚构创作吗——

玛利亚好像无意识间在周围绕起了圈子。等她回过神来，发现多米尼克正站在温室门前苦笑。

"干、干啥啊？"

"没什么……我是在羡慕你呢。你瞧我跟加斯帕那个样子。"

"邻居家的草坪更绿，是吗？其实我们也有我们的烦恼啊。"

她跟涟已经搭档了一年多。虽说调查行动严格规定两人一组，但他们一路走来，没有大吵一顿分道扬镳已经很稀奇了。

想到这里，涟正好回来了。

"我已经让署里给相关人士安排警卫——玛利亚，鲍勃要我给你带句话，叫你等会儿联系他。坦尼尔博士的验尸工作终于结束了。"

他们从偏门走到教会，经由礼拜堂进入牧师房。多米尼克说，周围没有设置公共电话。涟刚才联系F署，也是从牧师房打过去的。

牧师房走廊一角摆着一台古色古香的电话机。玛利亚伸手过去——突然停在半空中。

不知从哪儿传出一股奇怪的气味。

移动视线，发现电话机旁边有一扇紧紧关闭的木门。

玛利亚把门打开。

里面很黑。她摸索着开关，淡淡的亮光很快充满室内。

这是个很朴素的房间。

家具只有床、书桌和书架，以及固定在墙上的衣橱。书架上都是《圣经》和貌似跟神学相关、标题晦涩难明的书。

此处应该是罗宾的卧房。在充满牧师风格，颜色单调的房间中——一朵红玫瑰静静端坐在桌上花瓶里，仿佛飞溅的鲜血。

那内敛而华丽的装饰透露着罗宾身为玫瑰培育家的一面，不过从现在的情况来看，又让人有种不吉利的感觉。

她把房间环视一圈，并未发现可疑物品。正要折返，某种异样感却让她停下了脚步。

微弱的泥土气息。以及——不可能仅从一朵玫瑰中绽放的浓郁甜香。刚才她闻到的就是这个。

衣橱门关着。她拉了一下，发现上了锁。于是她又打开书桌抽屉寻找钥匙，结果里面只有书写用具和信纸。

目光再次移向书柜——整齐排列的书本中，只有一本稍微突出了一些。她抽出来一看，里面夹着一个深灰色的小东西。

是把小钥匙。

找到了。

她把钥匙插进衣橱锁孔，转动了。于是她深吸一口气，用力把门打开。

淡蓝色的花朵——"天界"绽放在眼前。

两三件法袍被连同衣架推到旁边，空出的地方摆着两个花盆。每个盆里都装满土，其中生出沿着支柱攀缘的粗枝，还开了许多天蓝色的玫瑰花。一股闷人的甜香瞬间充满室内。

这里竟有"天界"植株——

是原本摆在温室的植株吗？那么说来，莫非罗宾预感到凶手会来找他，便临时起意藏了两盆在这里，使其逃过一劫吗？衣橱里空间过于狭小，部分枝条还把法袍下半部分顶在了侧板上。

细看其中一朵花，玛利亚发现上面有切除花瓣的痕迹。那一定是他交给茜的样品了。没想到竟在这里找到了佐证。

不管怎么说，花都不能留在这里，等会儿让多米尼克过来取吧。玛利亚想着，伸手正要关门——却突然停住了。

她凝视着衣柜内部。

原来如此……

这样一来，或许……不，可是——

"大小姐，你可真够忙的，成天在P市和这里两头跑。话说回来，你那边情况怎么样，尸体鲜度如何？"

鲍勃仿佛闲聊一般，在电话另一头开着不合时宜的玩笑。

"人家没死，对你来说虽然有点遗憾。"玛利亚把刚才那个念头放到一边，切入了正题，"验尸结果出来了对吧，你'很在意'什么东西啊？"

"哦，是得跟你说说——弗兰基·坦尼尔的身体里全是肿瘤。"

啊？

"直接死因是刺伤导致失血过多而死，不过我在多处内脏中都发现了肿瘤。胃啊肠啊到处都是。另外还有手术痕迹……看情况，估计一年都撑不下去。"

弗兰基身患重病？

玛利亚回想起博士在C大学的样子——脸色确实说不上健康。不过弗兰基对玛利亚他们讲解蓝玫瑰时，全身充满了研究者特有的活力，让人完全感觉不到衰颓的气息。

可能是全靠一腔热情在支撑身体活动吧。虽然只说过一次话，但玛利亚突然有点心疼博士了。

"手臂上不是有针孔吗，那是不是注射镇痛剂的痕迹？"

"有可能。"

据说弗兰基去年曾为养病停过职。虽然尚未得到确证，不过现在看来，也很难说那是谎言。

凶手知道弗兰基的病情吗？应该不太可能。哪有人上赶着杀害不到一年就会病死的人呢。

不——还是说，凶手出于某种原因，必须尽快杀死弗兰基？

弗兰基手中是否掌握着让凶手抱有那种想法的重要秘密？那是与蓝玫瑰相关的机密吗，还是别的——

她感到背后蹿过一股电流。

怎么可能……

这毫无根据。可是，说不定……

"鲍勃，能帮个忙吗？我特别赶时间。"玛利亚握紧听筒，说出她的请求。

"你说什么？"步入老年的验尸官声音尖利起来，"我还没查验到那个程度——好吧，我这就开始……真是的，跟你说了多少次别让老人太操劳。我真想要双倍加班费。"

"下次请你吃饭，所有费用都算我头上。"

"真难得啊。那趁你还没改变主意……嗯？少校先生，你有事吗？"

电话另一头传来模糊的对话声。没过一会儿，鲍勃对她说："少校先生说找你有事。"紧接着，话筒里又传出了空军少校粗重的声线："索尔兹伯里警监？我是约翰·尼森。"

看来他还留在警署里。

"听见了，找我有啥事？"

"刚才空军总部联系我了。军方被派遣到前不久发生山体滑坡的 W 州进行现场清理——他们在清除泥沙的作业中发现了已经化作白骨的尸体。目前至少有两具，现场人员还在搜查是否存在别的遗体。"

白骨尸体？

"据说其中一具尸体是白色长发的成年女性。"

白发？！

——妈妈也死了。

难道说……

"对。我个人认为，这几具白骨尸体有可能就是你们那本日记里记载的被害者。也就是说，那本日记的内容不是虚构，而是事实。等这边有新消息了，我会马上通知你——对了，那边情况怎么样。克利夫兰牧师还好吧？"

※

玛利亚不记得自己是怎么回复的。等她回过神来，人已经回到温室门前了。

"玛利亚——"

"喂，你怎么了？"

涟和多米尼克都一脸奇怪地看着她。可是，两人的提问并没有传到她耳中。

凶手、案件背景、手段——所有不明了的东西，全都串成了一条线。

这样一来——

玛利亚环视四周，确认附近没有调查人员后，一头闯进了温室。里面有好几个倒扣的花盆，她一个个掀开，来到第四个花盆时，突然停下了动作。

她要找的东西出现在花盆之下。

"喂，这是——"

多米尼克哑口无言，涟也瞪大了眼睛。

"押中了。"她感到心跳开始加速，"涟，你帮我查个东西，顺便联系约翰。多米尼克，你也过来帮忙。"

第十一章 蓝玫瑰（VI）

数日后——

加斯帕·盖尔坐在 P 警署办公室内，翻阅蓝玫瑰死伤案件的相关资料。离十七点还有十几分钟，他手头并没有其他像样的工作。

一切始于去年在火灾现场发现的日记，接着是 F 市的弗兰基·坦尼尔谋杀案、槙野茜谋杀案，以及罗宾·克利夫兰遭袭案。调查由 P 警署和 F 警署共同开展，至今仍未捉到凶手。

加斯帕也建立了几种假说，只是槙野茜和罗宾·克利夫兰的案件（正确来说，是参与其中的调查人员动向）让一切假说都被颠覆了。

多米尼克未经许可就对克利夫兰牧师的教会布控，彼时槙野茜恰好遭到杀害。解除布控后，牧师马上遭到袭击。一连串的失态足以让加斯帕和多米尼克都被排除在调查行动之外。

如今他只能通过不定期传到他这边的阅览资料和办公室偷听到的同事对话来了解调查情况。从他收集到的少量信息来推测，调查似乎陷入了停滞状态。

罗宾·克利夫兰可能看到了凶手，只是他一直没有摆脱危险状态，依旧昏迷不醒。

自杀未遂一说早已被否定。阅览资料显示，牧师右手虽然检测出硝烟反应，但被证实是近距离击中他的两枪所致。

凶手让克利夫兰握住手枪（还弄错了惯用手），本打算再朝身体开一枪，结果子弹卡膛，没能痛下杀手就逃走了。这是调查阵营目前的看法。凶器为黑市购得的手枪，很难顺藤摸瓜找到持枪者。

他还听说F警署得到了有用线索，但因为自己被排除在外，完全无法得知那边的调查情况。

对警官来说，最大的羞辱莫过于工作失败导致自己被逐出调查行动，最后案子让别人给解决了。然而，调查一直没有进展，同样会让他感到如坐针毡。

怎么会变成这样……

因为他让多米尼克解除布控，所以牧师被袭击了——周围的人都这样想。可是，如果那个下属一开始不独断专行，他就没必要下令解除布控。他只不过是纠正了下属的擅自行动，为何要遭到如此责难？

他那个下属正在斜对面的座位上拧着眉毛怒视文件。明明有苦说不出的是他才对啊。

电话响了起来，多米尼克拿起听筒。

"P警署……啊，你们也辛苦了。有什么事——啊？"

多米尼克重新握紧听筒。

"是吗……知道了。谢谢你联系我。我马上过去……就这样。"

几秒钟后，他怒骂一声"浑蛋"，把听筒砸了回去。

"加斯帕，你过来一下。我有话说。"

他与下属来到狭小的会议室，隔着桌子面对面坐了下来。

"你要说什么？"

"罗宾·克利夫兰死了。"

下属的回答直刺他的心脏。

完蛋了吗……

他无言以对。这下无疑是要挨处分了。

"是吗？"

"'是吗'你个大头鬼！"多米尼克一拍桌子，"你就没别的可说了？到底是谁把事情变成了这样？"

是谁？

他有点恼了。你还好意思说别人，也不看看到底是谁害我变成这样。

"纠正下属的擅自行动，是身为上司的正当职责。你可以认为是我阻止你导致罗宾·克利夫兰死亡，但那充其量只是结果论。当然，我必须为这个'结果'负责。可是在槙野茜被杀害的时间点，就算牧师本身有可能成为行凶目标，那也仅仅处在臆测的范畴。仅凭臆测怎么能分走宝贵的人手呢。你也没把克利夫兰遇袭的可能性放在他是嫌疑人的可能性之上啊。"

怒火让他语速越来越快。

"你——"

多米尼克表情扭曲了。

"如果你只想说这个，那我回去了。牧师的消息，记得转达给其他人。"

加斯帕站起来，逃也似的离开了会议室。这个对话再进行下去，只会演变成互殴。

挂钟显示已经过了下班时间，今天先回去吧。反正手头没有紧急任务，这个时间也不太可能接到别的活。

※

多米尼克无声凝视着加斯帕空出的座位。
"——混账东西！"
他一脚踹向椅子，钝痛迅速蔓延整个脚背。

※

把周围查看了好几遍后，他来到宅邸门前。

附近已经被夜幕笼罩，他从上衣口袋里掏出笔形手电点亮。格子状大门上拉着"禁止入内"的黄色警戒线，不过好像没锁门。他小心翼翼解开警戒线，安静地打开门，悄然滑了进去。

凭记忆来到房子后面，只见玻璃堆砌的温室出现在笔形手电微弱的光芒中。

大门紧闭，玻璃透出写在里面的血字"Sample-72——"。他把手伸向门把，轻易便拧动了。随后他把门拉开，进入温室。

他穿过两旁盛放的各色玫瑰，绕开地上的血迹，来到沉睡在最深处的植株前。

他在深蓝色玫瑰——"深海"面前蹲了下来。随后调整呼吸，伸出震颤的手——

"你在干什么？"

背后传来声音。

他猛地回头,电灯同时亮起。他在强光中忍不住眯起眼睛,看见一个红发女人。

"你总算出现啦。怪物——我该这么叫你吗?"

玛利亚·索尔兹伯里警监露出得意的笑容。

※

涟来到医院,发现多米尼克·巴罗兹刑警正叼着香烟站在门口。

"不好意思,我迟到了。"

"别在意,我没等多久。话说,那玩意儿是什么?"

多米尼克把香烟拿到手里,目光落到涟的右手上。涟轻轻举起手上的纸袋。

"没什么大不了的,我只是觉得今天会用到。"

"用到……这个?"

银发的刑警看了一眼纸袋,满脸疑惑。涟对他说:"等会儿再详细解释。"多米尼克便咕哝一声,表情严肃地吸了一口烟又吐出来。

"你吸烟啊。"

"本来在戒烟……不过这种时候不来一根还真撑不住。"他把烟头摁灭在旁边的烟灰缸里,随后点点头。"走吧,我已经跟医院说好了。人在五楼。"

夜晚的住院大楼一片寂静。

昏暗的走廊两侧整齐排列着病房门,每扇门旁边都挂有患者名牌。混合着消毒液、药物及微弱死亡气味的空气不断刺激着涟的嗅觉。

他们在要找的门前停下脚步。五〇三室——确认过"罗宾·克利夫兰"的姓名后,涟打开房门。

牧师躺在窗边的病床上。

睡衣领口露出绷带,让人很难想象他几天前还是那副庄严的模样,反倒有点痛心。

多米尼克面部扭曲,在床边的圆凳上坐了下来。涟依旧站着,对沉默的牧师开口道。

"克利夫兰牧师——请你起来,我有事想问你。"

牧师睁开了双眼。

※

"我早就猜到你会到这里来——到坦尼尔博士的别墅来。"

那家伙一脸僵硬。玛利亚则志得意满地说了起来。

"案件走向终盘,调查员也撤回去了,那样一来,一直觊觎'深海'的你必定会行动。因为那才是你的最终目的。对不对?"

那家伙一动不动。表情僵硬的脸上,唯独视线在彷徨游走。

"别装傻了。自从查清你的真实身份,我就一直在监视你。"

玛利亚往旁边看了一眼。

"真是的——"

一个人伴随着她的咕哝声走出来。铜褐色短发,精悍的面容,潜藏着强韧与敏捷的高大身躯。

"索尔兹伯里警监,你是不是把军人错当成私人侦探了?"

空军少校约翰·尼森毫不掩饰脸上的苦涩。

※

"你这是要问询吗?"在没有亮灯的昏暗病房中,罗宾发出了声音,"老实说……我希望你们能暂时离开。"

他的声音微弱而纤细,早已没有在教堂里的那种庄重,反倒透着露骨的疲惫。

"请原谅我们的鲁莽。但我不能保证你今后还会不会做这种不要命的事。"

牧师仿佛扭了扭身子。

"喂,黑毛。那是什么意——"

"我只想确认一点。杀死弗兰基·坦尼尔博士的人是你对吧,罗宾·克利夫兰牧师?"

"哈?"多米尼克瞪大眼睛,"牧师杀了坦尼尔博士?这家伙不是有不在场证明吗?他当时在教会接待槙野茜呢。"

"没错,但那正是问题所在。"

涟把目光转回病床,向牧师说出了玛利亚事先告诉他的推测。

"槙野茜访问教会时,是从机场打车直接到教会,并在访问结束后,由你替她叫车返回酒店,没错吧。你为什么没有自己开车接送槙野茜呢?"

罗宾似乎霎时屏住了呼吸。

"你有一辆车,还给我们看了。因此,你完全可以开那辆车到机场迎接槙野茜,再用那辆车送她回酒店。你为什么没有那样做呢?"

罗宾并不回答,倒是多米尼克开口了。

"什么为什么——难道不是槙野茜碰巧叫了一辆车嘛。既然她是叫车来的,那回去就自然给她叫了另一辆车。这很单纯吧。"

"可是,如果站在牧师的角度来看,就显得有点不自然了。槙野茜并非附近的信众,而是外国人,而且还是头一次来到教会的女性。从机场到教会单程只要二十分钟,开车接送并不算麻烦。克利夫兰牧师会专门开车去接腿脚不方便的信众,那他为什么没有开车去机场迎接槙野茜,连对方离开时也只替她叫了一辆出租车呢?他请槙野茜吃了晚饭,还无偿提供了'天界'的样本。态度如此殷勤,唯独把接送全都交给出租车。这难道不奇怪吗?"

"那种事需要在意吗?也有可能车子恰好坏了嘛。"

"既然如此,他应该从一开始就这么说。坦尼尔博士被杀害那天,自己的车出故障了。那样一来,故障车就成了自身不在场证据的强力佐证。可是牧师却没有提及。而且,他与槙野茜的会面早在一周前就决定了。当时两人应该商谈好了前往教会的交通手段。若彼时牧师表示了亲自接送的意愿,那么即使车子突然出故障,他也会想办法到机场去,以免槙野茜久等。尽管如此,槙野茜却毫不犹豫地叫了出租车,可见两人已经商定了这个细节。牧师从一开始就不打算到机场去接她。"

"那是为什么……"

"很简单。他当时只是无法开动自己那辆车——因为他把车留在了坦尼尔博士的别墅。后来他驾驶博士开过来的车前往别墅,换上自己的车开回了教会。"

多米尼克倒抽一口气。

"喂……难道……"

"正是如此。犯罪现场并非坦尼尔博士的别墅,而是克利夫兰牧师的温室。"

牧师没有开车去别墅，而是博士开车到了教会。

罗宾把弗兰基叫到教会——正确来说，是叫到隔壁的孤儿院旧址，并且可能在槙野茜忙着观察样本时，趁机离开牧师房，在温室里杀害了博士。

茜的证词是：她独自待在房间里的时间，最长只有十几分钟。不过凶案就发生在那十几分钟里。茜乘坐出租车离开后，牧师用博士的车把尸体运送到别墅，再把自己停在别墅的车开回了教会。这个谜题就是这么简单。

"等等。既然如此，那艾琳·迪利特为何看见了博士的尸体？"

"她看到的是克利夫兰牧师的温室，而非坦尼尔博士别墅的温室。艾琳说，两人完成采购后，又去吃了点东西。当时，博士肯定趁机往她的食物或饮料里加了安眠药。艾琳睡着后，博士把采购的东西拿进别墅——然后掉转车头，载着副驾驶上熟睡的艾琳开往教会。"

艾琳的证词是：回到别墅后马上睡着了，等她醒来，发现博士死在了温室里。她一定没想到，自己在那段时间里已经被移动到两小时车程外的P市了。

别墅的实验室和书房之所以被翻乱，单纯是为了让别人误会凶手在别墅里待了很长时间。

"坦尼尔博士的温室和克利夫兰牧师的温室环境结构相似，面朝门口的左手边都有一块空地，背后都有建筑物的外墙或围墙，前方都有树林。假设是白天，一定会马上看出那是不同的地方。可案发时在夜晚，且周围没有路灯，唯独温室有一盏灯照明，再加上自己认识的人被刺伤倒地，自然会让艾琳的全部注意力转向那一点，而无暇顾及周围情况。"

牧师温室的照明并不太强，只能照亮周围很小一块地方。并不像棒球场那样把整个院子照得明晃晃。这也成了诱发艾琳误会的重要原因。

"等等啊，这一切都太奇怪了！"

你忘了眼前这个人身受重伤吗——多米尼克哑着声音说。

"照你的话说，克利夫兰的温室不是长满了'天界'吗？但坦尼尔博士的温室则不一样。里面只有一株种在花盆里的'深海'，其他全都是红色和黄色的普通玫瑰啊。那无论再怎么看也不会搞错吧。事实上，艾琳应该也做了证词。"

"我现在就向你展示魔术的窍门。"

涟把手伸进脚边的纸袋，取出一只包裹在缓冲材料里的花瓶。里面插着一朵红玫瑰。

罗宾轻吸一口气。

"是不是很眼熟？这是摆在你卧房书桌上的花瓶。"

他把花瓶放到旁边桌子上，又从纸袋里拿出手电筒点亮。光圈对准了红玫瑰。

涟一直照着玫瑰，过了一分钟、两分钟——

"喂，黑毛，你在干什么？"多米尼克正要发问，突然没了声音，"这是怎么回事……"

银发的刑警死死盯着玫瑰，声音颤抖地问道。

花正在变色。

从深红变为紫红、青紫——最后成了美丽的天蓝色。

原本再普通不过的玫瑰，竟变成了跟"天界"一样的蓝玫瑰。

多米尼克一脸惊愕。

罗宾闭上眼睛——他的表情很平静，不知是在祈祷，还是放弃了挣扎。

"喂……这是什么把戏？！"

"玫瑰花色的真相是名为花青素的色素。花青素会根据pH值改变颜色。刚才因为玫瑰感知到强光，体液——正确来说是细胞内的液泡pH值从酸性变成了中性或弱碱性。"

"那是什么意思……真有那种事吗？"

"我的祖国有一种花叫牵牛花。其中一个种类的花蕾为红色，不过花一开就会变成蓝色。专家们认为——因为液泡内以氢离子为主的离子浓度发生变化，形成渗透压让液泡膨胀，最终成为开花的动力。"

他想起坦尼尔研究室的温室。在开蓝色花的瓜叶菊、龙胆、星辰花，以及开红色花的康乃馨和郁金香中间，就摆着结出红色花蕾的牵牛花。它正是蓝与红的边界植物。那盆牵牛花是只要开花，一定会变成蓝花的品种。

"这朵花跟你说的牵牛花一样吗？"

"牵牛花花如其名，在清晨照到太阳光时开花。强光会令植株体内的生物钟受到刺激，促进开花——正确来说，是促进液泡离子浓度发生变化，使pH值增大，令花青素变为蓝色……这就是开花的机制。反过来也一样，光照减弱，pH值就会降低，花青素就会从蓝色变为其他颜色——克利夫兰牧师温室里的'天界'是会根据光照强弱改变颜色的蓝玫瑰，换言之，就是'沉睡的蓝玫瑰'。"

茜被领到温室时，"天界"尚未沉睡。日落以后，罗宾在接受茜的采访时，"天界"进入沉睡状态，变成红色或黄色。艾琳看到的温室,就是"天界"沉睡后的温室。

"艾琳就是为了这个被带去教会的吗?为了成为他不在场证据的证人?"

"恐怕是的。凶手杀死博士,却没有伤害艾琳,这个行为也印证了你说的观点——连她看见的那盆'深海',都是跟她一起被搬到教会温室里去的。"

杀害弗兰基时,罗宾还完成了准备。他摘掉温室周围的百叶窗,在门内侧写上血字——当然用的不是真血,而是能简单水洗的红色颜料。然后,他把从弗兰基别墅带过来的"深海"摆在尸体旁边,直接从窗户出去,像平时一样锁上了门。接着,他唤醒艾琳,让她目击到温室惨剧,再次夺走她的意识。完成这些操作后,他打开温室门,把尸体和"深海"搬出来。为免艾琳醒过来,还给她注射了安眠药——最后便开着博士的车,把艾琳、尸体和深海运到了F市的别墅。

孤儿院旧址的门是大木门,只要关起来,外面的人就无法看到里面。茜和出租车司机一定做梦都没想到,教会旁边竟发生了如此可怕的事。

"博士的汽车油量接近零。如今想来,当时我们应该起疑才对。博士和艾琳是去加油站旁边的购物中心采购物品,如果油快没了,当时就会去加油。尽管如此,他那辆车的油量还是所剩无几。如此一来,答案只有两个。一是博士刻意没加油——二是加油后汽车又跑了很长一段距离。"

艾琳可能因为犯困,对此没有记忆,现场也没有留下加油的小票。但后来经过问询,加油站其中一名店员记得博士曾经来过。

"等等,要是载着尸体赶了两小时路,那尸斑——"多米尼克猛然醒悟般顿了顿，"对了，所以才要把身体埋起来。"

"凶手的目的是制造'他在温室切下头部，将身体搬到树林里掩埋'的情景。'搬运'花了多少时间，身体横陈着被'掩埋'了多久，按照那个状态我们都无法判断。要是只有头部，就足够蒙混过关。"

弗兰基的身体之所以蜷缩在坑里，是因为一度被塞在汽车后备厢中。

凶手将"深海"的花剪下来放在埋藏地点，则正如玛利亚的推测，是为了让他们尽早发现尸体，好锁定推测死亡时间。

"把身体埋进土里，头部则被侧放着，跟艾琳一起留在温室……不，我还是搞不懂。就算牧师的温室能用钥匙开闭，坦尼尔博士的密闭温室又如何解释？难道是从窗户外面把脑袋扔进去吗？"

"不，是走进温室，安静地放下头部，然后出去。"

"那是怎么做到的？窗户上爬满了藤蔓，而且藤蔓彼此纠结，用手拉起来会因为过于沉重而扯断。如果使用棍子又很难固定——之前不是这样说的吗？"

"问题就在这里。"

"哈？"

"温室的藤蔓可谓沉重又脆弱的窗帘。当它们处在完全下垂的状态，就很难提起。然而——如果那片窗帘从一开始就处在提起状态会怎么样？事先在窗边安放支架，留出可容一个人通过的空隙，再让藤蔓生长在上面就可以了。"

涟翻开记事本，在空白页面画了一张草图。

他先画了两个 A 字，作为简单的人字梯侧面图。

"例如，做一个这样的支架，放在窗前——被踩实的土地上，然后让藤蔓慢慢生长，覆盖在支架上。为承受藤蔓的重量，可以从一开始就考虑好支架的材质和组装方法。"

支架顶点的横杆撑住了藤蔓，所以要提起下方的藤蔓就会容易很多。钻过那个缝隙，就能开窗来到外部。此时只要把手伸进去，松开A字的横杆部分，就能一边撑开藤蔓，一边把支架悄无声息地拿到窗外。完成这个动作后，藤蔓窗帘会在重力作用下覆盖在窗户上，不留一点空隙。最后把支架拆掉，混入别墅墙角的杂物堆放点即可。

温室内有几处窗户周围的泥土被抚平过，那是为了遮掩移除支架时留下的痕迹。

藤蔓窗帘关闭后，就只剩下唬小孩儿的窗户搭扣了。只要从缝隙里穿过一根绳子，轻轻一拽就能关上。

"其实不是'提不起藤蔓就空不出间隙'，而是'藤蔓一开始就顺着间隙生长'——这个过程恐怕耗费了很多时间。"

按照玛利亚的说法，她在看到衣柜里的"天界"撑起法袍后，才想到了"先找个东西支撑，再让玫瑰长在上面"的方法。涟不禁感到满心敬畏，没想到她还能冒出那种想法来。

多米尼克一言不发地盯着记事本上的图，紧接着回过神来，开口说道："要是有这种机关，那艾琳应该会发现——不对，好像不是这样。"

"藤蔓机关设在坦尼尔博士的温室里。可是，艾琳目击的却是克利夫兰牧师的温室。这里并没有藤蔓机关。当然，艾琳随博士采购回去时，可能看过博士的温室。不过当时她快睡着了，又只隔着车前窗远远看了一眼，应该没发现支架。"

克利夫兰牧师的温室没有藤蔓机关，又是从门口出入。门上的血字封印在一切结束后已经被擦除，不复存在了。

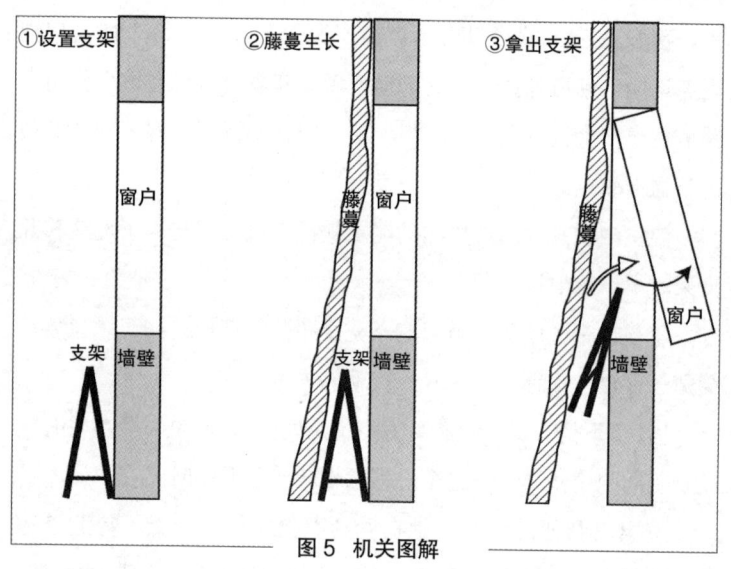

图 5 机关图解

与此同时，坦尼尔博士温室里的血字却未经触碰，旁边则设有藤蔓机关。

艾琳的证词将两者结合在一起，最终描绘出了"既不能从门口离开，也不能从窗户离开"的奇怪状态。

当然，这里面并非没有不确定因素。假如 F 市——弗兰基的别墅一整天都在下雨，那很少下雨的 P 市——罗宾教会的情况就会与之产生矛盾。

为避免这种情况发生，凶手行动前应该看过天气预报，慎重做出了决定。天气只需保持晴朗到推测死亡时间为止。就算当天天气不如愿，那么只需一直让艾琳沉睡，就能避免最糟糕的事态。即便行动到中途开始下雨，导致后院留下足迹和车辙，因为那里土地坚硬，只消一桶水便能将痕迹冲掉。

事实上，在凶手把遗体搬运到别墅的时间点前后，天开始下雨了。不过那场雨正好冲掉了汽车进出的痕迹，反倒成了有利条件。

"为什么要干那种麻烦事？只要把尸体一扔不就完了。"

"是为了不让艾琳进入温室。要确保克利夫兰牧师的不在场证明牢不可破，关键在于让艾琳误以为两个温室其实是同一个。可是，一旦被她看见温室内部情况，植株位置和枝条伸展的细微差别有可能使那个目的落空。因此，至少要保证其中一方——从结果来看是牧师的温室只能从外面看到。为了避免艾琳进入牧师的温室，就需要制造密闭状态。而博士的温室被锁死，就是为了掩饰这一行动。"

"那血迹怎么办？博士的温室留下了大量血迹，还有血字。如果你说得都对，那坦尼尔博士至少是死后两小时才被切断了头部。两小时后切断头部，会出这么多血吗？"

"坦尼尔博士手臂上留有注射痕迹。那么凶手有可能在博士死亡前抽出血液保存，后来又把那些血液倒在了案发现场——也就是温室和掩埋身体的坑里。"

他们本以为那是注射镇痛药的痕迹，实际上是抽血留下的针孔。

别墅冰箱的架子上空出了一块地方。想必那就是凶手保存血液的地方。

"切除头部，掩埋身体，洒上血迹，然后还有藤蔓机关？这些事要花很长时间吧，搞不好得耗到天亮。"

"其实并非如此。掩埋身体的坑可以事先挖好——只需盖上塑料布就能防雨。血迹也可以事先制造出来。这样一来，只要两个小时，一连串作业就能完成了。"

身体之所以被掩埋在别的地方，部分原因也在于此。要是人们发现干掉的血迹上不仅有头部，还躺着身体，那么一下就会暴露行凶现场不是那个温室。

别墅的作业结束后，凶手开着自己事先停在那里的车返回P市教会。只要先把油加满，那么油量剩下一半时正好到家。接下来只需重新装上教会温室的百叶窗，擦除门上的血字，再把车子擦一遍就好。

艾琳说，博士到达别墅时，把车停在了正门口。采购回来后，又把车开到了后院。两次都没有动用车库，那是因为罗宾的车停在里面。

"等等，我还是没明白。"多米尼克皱着眉凝视天花板，随后胡乱挠起了头，"这样或许可以从物理上解释犯罪过程，可是道理讲不通啊。让艾琳睡着，把她带到教会？让藤蔓远离窗户生长？抽血？让牧师把车停在家里车库？为什么坦尼尔博士本人要做这些事？难道是被胁迫了？但那也有个底线吧。这样搞，就好像主动帮凶手杀了自己一样。"

"正是如此。"

"哈？！"

"坦尼尔博士深受病痛之苦，知道自己时日无多，便决定用自己的命来完成一连串计划。

"克利夫兰牧师只是负责执行的人罢了。坦尼尔博士的案子，相当于博士自己策划的伪装他杀。"

"伪装……他杀？"

"从情况来推测，事情并不复杂。如果坦尼尔博士与克利夫兰牧师没有结成合作关系，就无法突破温室的密闭状态。而且正如你指出那般，如果只是胁迫的关系，博士的配合度未免太高了。那样一来，可否认为博士其实是主犯呢？

"还有刚才的'天界'也一样。能够根据光照强弱改变颜色的蓝玫瑰，比一般蓝玫瑰——我不知这种说法是否恰当，总之，它更让人难以相信只是基因突变的产物。"

"你是说，那是人为编入了牵牛花的遗传基因。准确来说，由坦尼尔博士亲手编入。而牧师只是把样本拿到自己温室里种植而已吗？"

罗宾的表情没有变化。他一概不加入涟和多米尼克的对话，只是闭着眼睛。

在研究蓝玫瑰时，弗兰基必然是认定了仅改变色素反应路径、添加金属离子和辅助分子无法开出鲜明的蓝色花朵。就算能让翠雀素在酸性环境下保持稳定，考虑到花青素本质上在碱性环境下更容易呈现蓝色，那么显然应该从色素的存在环境——也就是提高液泡pH值这方面着手才对。然后，博士在研究过程中就找到了牵牛花这种植物。

"从研究流程推断，这种'沉睡的蓝玫瑰'与其说是'天界'的进化形态，更应该称之为原型。克利夫兰牧师培育了坦尼尔博士创造的原型……两人之间就这样产生了合作关系。"

培育出覆盖整个温室的玫瑰需要好几年时间。那么可以推断，"天界"至少五六年前就问世了。弗兰基的蓝玫瑰研究其实远远超过周围的想象。

方才向多米尼克展示的"天界"原型，原本摆在罗宾卧房的书桌上。由于长时间放置在光线昏暗的室内，玛利亚发现它时，玫瑰已经不呈现蓝色了。她说当时心里感到有些异样，并非单纯因为香气。而是因为虽然颜色不同，但花型跟"天界"一模一样。

此外，"沉睡的蓝玫瑰"此前从未出现在人前。罗宾在温室周围安装百叶窗，并非为了进行遮光管理，而是为了不让外面的人看见里面的花，以备不时之需。

他拿去参展和提供给槙野茜的样品，都是别的——不会受到光照强弱影响，能够稳定保持蓝色的成品"天界"。玛利亚在罗宾卧房衣橱里发现的，就是那种成品。

随后，那个成品又衍生出进化形态，也就是蓝色更深邃的品种——"深海"。

汽车诡计也由两人合作完成了准备。罗宾开车到弗兰基别墅，弗兰基则把罗宾送回了教会——使用的应该是F市周边租来的车辆。

在加油站的问询中，之所以没获取罗宾的目击证词其实很正常。因为是弗兰基偷偷帮罗宾的车加了油——地点应该在调查范围之外,而且本人可能变了装。

"可是……为什么?我就当他们两人是共犯,也假设这是一场伪装他杀。可是,理由何在?他们为何要把蓝玫瑰都利用起来,设计如此复杂的戏剧杀人?"

"是为了逼出真正的凶手。对吧,埃里克?"

涟对一直保持沉默的罗宾,发出了安静的质问。

※

"罗宾·克利夫兰牧师是'埃里克'?"约翰大吃一惊,"这是怎么回事?那本日记里的'埃里克'应该是个少年。两人年龄对不上。"

"他三十年前曾经是个少年。"

"三十年?!"

话说回来,她好像没有说明详情。玛利亚想着,继续说下去。

"那本日记存在几处与现实不相符的地方,因为这些龃龉,它的真实性本身就遭到了怀疑。但实际上,日记中写的东西几乎都是事实。除却一点:最后那页的日期不对。写日记的时间根本不是一年前,而是更久以前——从日期和星期的对应关系来看,应该是二十九年前,也就是一九五四年。"

她应该一开始就怀疑这点。毕竟其他页面都只写了月、日和星期,唯独最后那页却写着"一九八二年六月二十四日",把年份都带上了。

"就是说,有人在一本旧日记的最后一页加上了伪造的年月日?"

"没错。写日记的人——'爱丽丝'在旧日记上添加了新的年月日,然后留在了P市郊外的火灾现场,假装那是火灾中幸存下来的东西。而那场火灾则是为了掩饰日记上的墨水变色和纸张发黄现象。"

玛利亚对温室里的人影投去冷冷的目光。

"她就是这样,让这家伙发现了日记。"

话虽如此,如果一不小心整本烧掉了,就会让一切变得毫无意义。所以,她是事先把日记灼烧了一番,待火灾扑灭后,躲过消防员的目光,偷偷留在了现场。

"等等,你说的'爱丽丝'难道是艾琳·迪利特小姑娘?如果日记写在二十九年前,那她俩的年龄还是对不上啊。"

"不对。弗兰基·坦尼尔博士,她才是'爱丽丝'。"

一阵死寂降临。

"坦尼尔博士,是'爱丽丝'?"

"我请鲍勃确认过了。博士染过头发,并不是花白头发,而是白发挑染了别的颜色。弗兰基本人有白化病。"

二十九年前,一家三口住在山上的房子里。

父亲是科学家,创造了号称不可能的蓝玫瑰。就在那时,镇上来了一名少年。一家人把埃里克收留下来,一起生活——然而不久之后,惨剧就向他们袭来。

有人杀害了爱丽丝的父母。包括碰巧来家里做客的人,所有人都被杀了。

——事情本应如此。

"可是,埃里克和爱丽丝活了下来。我不知道当时是什么情况。总之,他们逃出生天,长大成人。埃里克成了一名牧师,而爱丽丝则继承父亲的遗志，成为蓝玫瑰研究家。两人表面上过着毫不相关的生活，暗地里却在等候复仇的机会——向二十九年前杀死了'爸爸'和'妈妈'的人复仇。

"把日记留在火灾现场，是为了向凶手传达告发信息，令其心生动摇。之所以伪造日期，是为了保证只有凶手本人正确接收到信息。要是轻易被人相信那里面写的都是真事，顺藤摸瓜把过去的案件翻出来，他们的复仇计划很可能会失败。"

留下手写日记，同时还有被拿去分析笔迹的风险。然而，一个小孩子长大成人，笔迹也会发生改变。而且，当事人在书写工作文件时，一定十分注意不让自己变成过去的笔迹。而在伪造日期的时候，只要反过来模仿自己过去的笔迹即可。

"最终，日记果然被视为虚构，警方并没有认真调查——直到化名为弗兰基·坦尼尔博士的爱丽丝，以及化名为罗宾·克利夫兰牧师的埃里克向世界公布'深海'和'天界'。

"对吧，加斯帕？"

玛利亚的目光所及——
加斯帕·盖尔警督冒着油汗的脸轻轻颤抖。

※

"我没说错吧，埃里克？"

黑发的刑警提问道。
好熟悉的称呼……除了她以外，不知有多久没被人叫过这个名字了。

我回想着那些逝去的时光，记忆来到那一天——"埃里克"死去的日子。

我被抛入井底，呼吸困难，浑身冰冷——我感觉自己要死在这里了。

我在黑暗的水中缓缓下沉，意识渐渐失去，四肢也无法动弹。腥臭的水就像某种诡异生物般侵入口鼻，企图阻断我的呼吸。

就在那时——

伴随着沉闷的水声，一个白色影子出现在我上方。

被泡沫扰乱的漆黑视野中，我分明看见了那个本应不见影踪的少女。

白色长发的少女四肢朝上，无力地落到我身上。

爱丽丝。

——保护好那孩子……拜托你。

凯特的声音仿佛在我耳边响起。

我眼前闪过一道光。如同即将熄灭的蜡烛一般，发出刹那的光芒。

我抱住了爱丽丝。

我不知道自己哪来的力气，在这个分不清上下左右的地方，抱着爱丽丝，朝着那点光芒，奋力摆动双腿。

那可能只花了数十秒，但我感觉如同永恒。等我回过神来，我和爱丽丝已经并排躺在潮湿的土地上。

——后来我才知道，那是一个从水井分岔出去、天然形成的小洞穴。

可能是水井侧面塌掉一块，才跟那个天然洞窟连了起来。我吐出渗入口鼻的水，双眼适应黑暗后环视四周，发现眼前有一片可供成年人并排行走的狭长空间。

"爱丽丝……爱丽丝!"

我重新转向少女,摇晃她的肩膀。爱丽丝轻轻"嗯"了一声,紧接着剧烈咳嗽起来。她还活着。我顿时身子一软,放下心来。

微弱的闪光照亮洞窟,紧接着传来沉闷的轰鸣。

是打雷。看来这里跟外面相连。我在水中看到的光,原来是洞穴外的闪电。

顺着脚下望去是一片水面,看来是雨水让水平面上升了。要是天没下雨,井水恐怕就无法到达这个洞口。想到这里,我不禁后背一寒。

爱丽丝的情况让我很担心。她虽然有呼吸,但从我在储物间发现她那一刻,她头上就一直在流血。我很担心她的伤势。

总之先到稍微亮一点的地方去吧。我拖着筋疲力尽的身体,背起爱丽丝在洞穴里走了起来。

走了大约十分钟,总算看见出口了。

外面还很黑,雷雨也一直没停,但比洞里更容易看清周围了。

我找了个平坦而且相对干燥的地方让爱丽丝躺下,正烦恼该如何让她身体暖和起来,爱丽丝却自己睁开了眼。

"埃里……克?"

"爱丽丝,你没事吧?"

"头……我——"

她一手按着额头,下一个瞬间便瞪大了眼睛。

"爸爸……爸爸?!"

她扭曲着脸,猛地撑起身子。我连忙把她抱住。

"够了,不用想起来……哪怕只有你活下来,也已经足够了。"

我在那句话里融入了所有感情。

爱丽丝并不笨，自然听懂了我的话。我感到她把手掌搭在我背上，耳边传来细微而迟迟停不下来的呜咽。

所幸，爱丽丝头部的创伤并不致命。

我们尽量拧干衣服，挤在一起取暖，道出了彼此经历的所有事情。

听到凯特的死讯，爱丽丝双手掩面，没有责备我一句。而她的安静反倒让我胸口更憋闷了。

随后，爱丽丝也说出了自己被关进储物间之前遇到的事情。

她躺在床上却睡不着，眼睛看向窗外，发现后院有个人朝温室移动。

她本以为是父亲，但那人影实在有点奇怪。她知道自己该叫人，可无论叫我还是凯特，都有可能反而陷入危险。话虽如此，也不能去找那个突然来访的罗尼。来回思索之下，她越来越不安，终于冒着危险独自去了温室，结果发现玻璃被打碎，里面的蓝玫瑰不见了。

有小偷。她觉得这下一定得叫人来了，便准备返回后门。可就在那时，暗处传来了脚步声——爱丽丝刚回头，脑袋就被狠狠击中了。

"后面的事情，我记不太清了……我听见爸爸的声音……他跟那家伙扭打起来……结果反倒被拖进温室里……玻璃上——溅了血……"

爱丽丝的声音变成了哽咽。虽然再也没问出什么，但我基本上掌握了情况。

博士一定看见了凶手袭击爱丽丝的场景。他当时应该正在巡视，见状立刻上前解救爱丽丝，反倒被凶手打倒了。我也想过他为什么没叫罗尼，不过当时一定是情况紧急。

爱丽丝被击中头部，虽然意识模糊，还是目睹了博士的死，最终失去意识。凶手见爱丽丝不动弹，以为她死了，便将其拖进储物间，打算暂时掩藏尸体。

后来的事，我就都知道了。

凶手从开了锁的后门潜入屋内——可能在公用洗手间找来了毛巾擦掉湿脚印，然后到厨房找到菜刀，又摸到总闸把它拉了下来。随后，他在黑暗中刺中出来查看情况的罗尼，再走到外面，破窗袭击了凯特。随后趁机打倒找到爱丽丝正欲逃离的我，把我们两人扔进了水井……

爱丽丝一直在哭。她仿佛在后悔——是她的鲁莽行动害死了父亲。

我无法责怪她，因为我自己也干了同样的事。

等爱丽丝平静下来，我提出了最关键的问题。

"你认识那个袭击你和博士的家伙吗？"

爱丽丝点点头，随后说出凶手让人意外的身份。

"是那个警察……过来追查你的那个高个子警察。"

警察？！

怎么可能。那家伙不是早就死了——

我正要反驳，却恍然大悟。我们并没有仔细检查路旁焚烧的尸体，死者的脸被火烧焦，已经难以辨认了。我们只能勉强认出他身上的警服。事实上无法证明那到底是不是来追查我的警官。

另外，我又后知后觉地想起来——

用于杀害坦尼尔博士的凶器，是放在外面的园艺剪。假设凶手在房子里，完全可以拿到厨房的菜刀等刀具，甚至其他具有杀伤力的凶器——就像他杀死凯特和罗尼时一样。

温室的钥匙在爱丽丝手上。如果凶手是房子里的人，完全不用打破玻璃，直接从爱丽丝那里夺走钥匙就好。

凶手来自外部。他用剪刀杀死坦尼尔博士后，从后门侵入房子，到厨房拿了凶器。

山体滑坡导致道路被截断，被烧毁的尸体穿着制服——综合这些情况，当时在房子周围的外部人员，首先就是那个警察。

这里面还存在疑点。我们虽然发现了"警察"的尸体，却没见到警车。他把车停在哪里了？难道被山体滑坡冲走了？假设如此，从那个地点来到这里也有一段距离。会有人愿意在狂风骤雨中徒步前来吗？如果只想监视我，完全可以把车停在离房子更近的地方。

——莫非他有不能这么做的理由？

假设他不希望别人发现警车……不，假设他一开始就没有开警车来呢？

假设，他之所以到这里来，并非奉命行事——而是为了甩开其他调查人员独自立功，为了个人的名誉……

可是，为什么那家伙要杀了博士他们？而且——

"如果路边烧的尸体不是警官，那是谁？"

"可能是……'怪物'。你也看见了吧？我想……'怪物'一定是刚逃出去就被那家伙杀了。"

那个怪物？

话说回来，那东西长得也又高又瘦，正适合给那警察当替身。之所以焚烧全身，恐怕是为了不让人发现那东西全身皮肤的状态。

给那东西穿上制服，想必是为了让我们产生"警官已死，怪物还活着"的错觉。假设我们事先发现了凶手的身份，那么一定会更加谨慎小心——尽管如此，我还是不明白他为何不隐藏尸体，而是故意点把火引来关注。

昨天傍晚开始，天气就一直很差。如果警官为了抓我一直守在房子外面，身上很可能带了雨具。他把几乎没有被淋湿的制服穿到怪物身上，然后点了火。又或者，他随身带着一套替换用的制服。

发现博士的尸体前，我在花坛附近看见了一点亮光。可能是凶手与博士缠斗时掉落的打火机。那一定是凶手点燃尸体用的东西，只是不知现在还在不在那里——

"那怪物究竟是谁？难道真的是博士创造的样本……应该不会吧？"

"是我外公。我听见妈妈跟爸爸说……'不能丢下父亲不管'。"

然后，爱丽丝把她的推测告诉了我。她外公——凯特的父亲好像患有一种皮肤病，名叫"神经纤维瘤"。

一旦得了那种病，皮肤就会变质，仿佛全身溃烂。据说那是基因异常引起的疾病，目前尚不存在有效的治疗方法。

更糟糕的是，海顿·麦考潘（爱丽丝告诉我那是外公的全名）同时发作了痴呆症，经常跑到外面四处游荡。博士之所以搬到这座深山宅邸里，其中一个理由可能就是把海顿隔离起来，同时研究治疗方法吧。通过餐桌对话，我还以为凯特的父亲已经死了，其实仔细一想，他们并没有明言生死。

这个养父对自己百般凌虐,最后被病魔击垮,不知博士照顾他时究竟是什么心情。"我之所以没有报复,无非是因为伤害他们会令凯特伤心罢了。"博士的声音在我耳边回响起来。

博士他们之所以把海顿锁在地下室,仅仅是不想让我和爱丽丝害怕吧。虽然他们的保护到最后白白浪费了——尽管那人曾经对博士不好,可我还是将一个病入膏肓的人当成了杀人的怪物。这让我不由得感到万分羞愧。

后来我才知道,痴呆症会表现出各种症状,只要病情不严重,就能轻易开关门锁。此时,若不安装无法从内部开启的门锁,患者有可能擅自离开房间甚至家门走到外面去。地下室的门锁之所以装在外面,也是为了防止海顿走到外面来。

可是,我却把那个封锁打破了。

晚上,海顿逃离地下室,打开玄关门走到外面……然后被那个警察杀了。

爱丽丝说,对方可能没有杀意。他可能只是在外面监视,无意中碰到海顿,惊恐之下推了他一把。

可是彼时正好发生山体滑坡,逃生之路被截断了。警官陷入慌乱状态,一下想不到可以在林子里绕道出去,便摸进后院里寻找隐藏尸体或处理尸体的办法。当他闯进温室时——看见了蓝玫瑰。

我听着爱丽丝的推测,背后蹿过一阵凉意。

莫非——

"那家伙杀了所有人……只为了偷走博士的蓝玫瑰?!"

"我觉得,他杀死外公后,精神已经崩溃了。他可能觉得杀一个人跟杀一群人没什么不同,只要把住在那座房子里的人……知道蓝玫瑰秘密的人全都杀死,就能独占蓝玫瑰了。"

连我这个小孩子都能被那株蓝玫瑰彻底吸引,如此看来,那个警察也成了蓝玫瑰诡异魔力的囚徒。

然后,他就想出了堪比恶魔的计划——是这样吗?

他烧毁海顿的尸体,不仅为了让人认错——还是为了把我们吸引到外面,确认房子里共有多少人吗?他打算按照人数制订计划,把我们一个个干掉,再夺走蓝玫瑰吗?

竟然——他竟然为了那种东西,夺走了博士、凯特和罗尼的性命吗?

这都怪我。

要是我没有跑到这里,就不会引来那个疯警察,也不会让海顿逃出来——博士他们也就不会死于非命了。

当父亲向我扑来时,我就该乖乖死去。在对双亲动手那一刻,我就失去了活下去的资格。

父母、海顿、博士、凯特、罗尼……他们都被我害死了。

"我是个瘟神——"

"不行!"爱丽丝紧紧抱住我的头,"我不准你那样想……你没有错,因为……因为你救了我。就算别人不原谅你,我也会原谅你。所以——"

不要责怪自己——我听着她震颤的声音,感受着她的温暖,拼命忍住了呜咽。

洞穴出口位于山坡一角。

临近天亮,小雨还是下个不停。我跟爱丽丝爬上没有路的山坡,隔着树林看到了宅邸后院。

换作两天前,我可能还会有种快乐的冒险心情。"偷偷跑到井底下玩探险游戏"——我突然想起凯特的话。

那家伙好像已经不在了,有可能冒险爬过了山体滑坡的地方。宅邸就像暴风雨刚刚离开，只留下一片死寂。

回到房子里，等待我们的是一片出人意料的光景。

遗体都不见了。

寝室里看不见凯特，起居室里看不见罗尼，而且两处血迹也被擦拭干净了。本来被扔在外面的海顿的遗体也消失无踪，焚烧的痕迹早已被雨水冲刷一净。

花坛附近应该掉落着凶手的打火机或什么东西，但好像已经被捡走，我并没有找到任何东西。

唯一留下痕迹的只有温室。里面好像被放了一把火，玻璃墙壁、天花板以及地面都被熏得焦黑。种在花盆里的玫瑰全部化作灰烬，唯独找不到博士的遗体。

是那家伙干的好事。

那个警察把所有人无情杀害，最后还企图抹除杀人这个事实。我强忍心中愤怒，给爱丽丝处理了伤口。我从起居室找到急救箱，给她头上的伤消了毒，贴上创可贴。

等我笨拙地完成伤口处理后，爱丽丝走到后院，凝视着雨中焦黑的温室。她的视线左右摇摆，随后定住不动——紧接着，她抓起一把放在外面的园艺小铲，猛地冲了出去。我慌忙追了过去。

爱丽丝来到离宅邸稍远的树林一角停了下来。那里有一块泥土的颜色与周围明显不同。

我感到背后一凉。难道是……

爱丽丝蹲下来，仿佛着了魔一样用铲子挖着泥土。我也跪在地上帮她一起挖。

十几分钟后——土里现出了遗体。

博士、凯特、罗尼、焦黑的尸体。四具遗骸仿佛非法丢弃的厨余垃圾一样，杂乱交叠在一起。

爱丽丝扑在博士和凯特的遗体上，放声大哭。

不知过了多久，爱丽丝静静地对我说——埋回去吧。

"为、为什么啊？"

"如果将爸爸妈妈抬出来，那家伙就会发现我们还活着……至少现在还不行。"

那也不打算报警吗？我正要反驳，却把话咽了回去。因为凶手就是警察，现在跑进警署报案，相当于自投罗网。

我想把遗体稍微整理一下，可是他们的身体已经僵硬了，无法挪动分毫。爱丽丝告诉我，那叫死后僵硬。最后经过一番努力，我们好不容易让所有遗体合上了眼睛。

海顿的遗体不着寸缕，应该是被那家伙处理掉了。这人使起坏来脑筋还真够灵光。

我们把遗体重新摆好，再次盖上土。等重新埋好，我们已经变得灰头土脸。我在牛仔裤上擦了两下手，突然摸到后袋里有个硬东西。

——那是罗尼的十字架。

我右手握住十字架，与左手交叠放在胸前，做了一会儿自创的祷告。爱丽丝叠着手闭上眼睛，泪水顺着她长长的睫毛滑落。

我们回到房子里，用淋浴洗净满是泥污的身体。好在这里还有水，也有足够的浴巾和换洗衣物。

我穿好衣服便去寻找爱丽丝，发现她正坐在自己房间里写日记。

我不敢出声叫她，只能在后面看着。她用轻轻颤抖的字迹在空白页面上写下了几行字。

爸爸死了。

他在温室里，被人砍掉脑袋杀死了。

妈妈也死了。

她在房间里，被人刺穿胸口杀死了。

……

大家、大家都死了。

　　淡淡几行文字，没有留下日期。泪水一颗又一颗掉落在空白的纸面上。

　　天已经亮了，房子周围依旧一片死寂。

　　只能听见风声雨声，救援直升机迟迟没有出现。可能因为这里远离城镇，还没有人知道山上发生了滑坡。

　　我们决定在有人来到这里前离开房子。那家伙应该觉得我们都死了，现在最重要的是逃得越远越好。

　　我们在博士房间的衣橱里找到了两个背包，可能是平时出门短途旅行用的。随后，我们在包里塞满了食物、衣服、地图、指南针、手电筒和其他零碎物件，又在家中搜罗了所有能找到的硬币钞票——幸好财物都没被动过。

　　接着，爱丽丝从自己房间的书架上抽出一本辞典，翻开书本拿出里面的钥匙。然后回到博士房间，插进抽屉的锁孔里。

　　抽屉里有几个小盒子，里面装着漂亮的戒指和耳环等贵重物品。

　　"妈妈说，这是外婆的遗物……还说等我长大了就能用。"

　　让爱丽丝保管钥匙似乎是博士的提议，目的在于防盗。让她拿着蓝玫瑰温室的钥匙，也出于同样的理由。看来爱丽丝很受父母信赖。我竟通过这种形式认识到了这家人的羁绊之深——以及自己用最糟糕的形式摧毁了那种羁绊，罪孽有多么深重。

盥洗台上放着博士的染发剂，爱丽丝用它把头发染黑，然后我们就跟这座房子道了别。

我们路上经过了博士等人的坟墓，我跟爱丽丝各在上面献了一朵后院摘下的玫瑰。

那是一段漫长的道路。

我们经历的第一场苦难就是翻过山头。警方十有八九掌握了我的相貌，就算我们能翻过滑坡地段，直接进入山脚下的城镇也太危险了。因此，我们至少要到山那头去。

只是，我跟爱丽丝都不习惯长时间走山路，只能在没有路的山上走走停停，跌跌撞撞。在岩石脚下过了一夜，好不容易翻过那座山，看见脚下出现城镇时，我们的体力已经临近极限。

可是，问题才刚开始。

虽然我们来到了隔着一座山的镇子，一旦被警察发现，消息还是会传到那家伙耳中。我们不能让他抓住一丝一缕痕迹。出租车和飞机过于危险，住酒店更是想都不能想。

可我们毕竟是两个没有大人带的孩子，虽然假装成游客，爱丽丝还把长发藏在凯特的帽子里，依旧不能避免路人时不时投来的好奇目光。每次有人朝这边看，都会让我朝精神崩溃走近一步。

我们换了一趟又一趟巴士，在空置的房子里胆战心惊地过夜，顺着空无一物的漆黑道路埋头前进，甚至偶尔偷偷钻进卡车货台里——

出发几周后，我们手上的钱和食物都见了底，衣服鞋子和双脚都残破疲惫——但我和爱丽丝终于来到了远离 W 州的那个地方。

克利夫兰教会是个被树林包围的安静场所，院子里开满了红色和黄色的美丽玫瑰。

我们走进礼拜堂，牧师虽然大吃一惊，还是给予了我们热情接待。这位牧师长得有点像罗尼，这是他的弟弟。

牧师问我们怎么跑到这儿来了，我拿出罗尼的十字架给他看，背面刻着克利夫兰教会的地址。

我不知道罗尼死前把这个交给我，究竟是不是对我说让我到教会去。不过，我们两个无亲无故，又不能依靠警察，我实在想不到还能去什么地方。

牧师瞪大眼睛，爱丽丝对他诉说起来。

——爸爸和妈妈遇到了山体滑坡。

——这个男孩子是我朋友，跟家人一起过来玩，可他的父母也被卷入了山体滑坡。

——我们一度被寄养在远亲家，可是很快就被赶出来。

——这个十字架是爸爸妈妈的遗物，可我不知道它从何而来。

——山体滑坡前，牧师先生到家里来了。那是一位身材高大、面目吓人的牧师先生。我不知道他为何认识爸爸妈妈。

罗尼的弟弟认真听完了她笨拙的谎话，过了一会儿，他面带悲伤地抱起双臂——随后，又换上怜悯的笑容把手放在我们头上。

尽管相当于一场赌博，可来到教会确实改变了我们的命运。

我和爱丽丝在教会住了一段时间。

我们不希望别人得知自己的遭遇，罗尼的弟弟丝毫没有反对。他可能隐约猜到爱丽丝是凯特的女儿了。我们得到了"弗兰基"和"罗宾"这两个新名字，走上了全新的人生道路。

坦尼尔家的案子，到最后都没有曝光。

不知警方是否展开过调查，又或者根本没人发现有一家人集体失踪了。我们早已离开W州，更是无从打探那些消息。此外，教会既没有收到传闻，也没有警察上门搜查。

正如那家伙所料，坦尼尔一家的惨剧被埋葬在黑暗中。

唯一的救赎，就是那家伙似乎真的不知道我们还活着。然而我们并没有就此安心。因为这里是凯特的故乡，麦考潘家族虽然已经不在，但凯特他们依旧留在人们的记忆中。爱丽丝的身份随时都有可能曝光。

在此之前，我必须主动离开——爱丽丝这样说。

我没能劝阻她。我们还是孩子，不依靠别人就无法生存下去，但也不可能找到愿意同时收留我们两个的家庭。考虑到万一被那家伙查出所在地，我们两个绝不能待在一起。

在罗尼弟弟的多方打点之下，爱丽丝很快找到了养父母。我心里明白这是最稳妥的办法，可是离别将近，我还是感到心中撕裂般的疼痛。

离别前夜，我们在教会开了一场小小的告别宴会，随后我跟爱丽丝来到院子里，倾诉着彼此的回忆：在山中宅邸那段短暂却快乐的生活，千辛万苦来到教会的路途，以及在教会度过的每一个安稳日子。

我没提起那场惨剧。因为一旦提起来，我的心都会被撕成碎片。爱丽丝可能也有同样的想法，绝口不提那件事。

"你要保重。"

"嗯——你也是。"

我们最后交换了祝福,亲吻了彼此。

一段漫长的岁月过后……

我成了克利夫兰家的养子,开始攻读神学课程。

我并没有突然产生信仰。我亲手杀死了父母,哪来的资格向人传授上帝的教诲?不过,罗尼的弟弟却一脸严肃地对我说:

"圣职人员必须具备的资质,既不是信上帝,也不是不犯罪,而是时刻站在弱者这边。你能做到这一点。"

他在我成为牧师两年后的一九六六年,因病去世了。

我继承教会,践行着圣职人员的职责——但没有哪一天不会想起发生在坦尼尔家的事。

那件事对我来说,是纯粹的罪孽,永远不可能忘却。我从未打消自己给坦尼尔一家和罗尼带来灾难的想法,那种罪恶感甚至比以前更强烈了。

就在那时——我二十七岁那年,爱丽丝写来了一封信。

信上写着,她要到附近来办公,希望能跟我见上一面。自从分开后,我们写过几封信,但都认为我们不应该出现在彼此身边,就从未碰面。

到了约定的日子,我站在信中指定的地方——教会附近的街区一角。

"埃里克?"

背后传来一个声音。

我转过头,发现一个陌生女性站在那里。

暗褐色短发,好似男装的西装和皮鞋,还有略高于一般女性的身材。无论怎么挖掘记忆,我都找不到这样一个人。

可是——那双吊起的眼角和坚定的面庞却让人难以忘怀。

"爱丽丝?"

"好久不见了,埃里克。"

爱丽丝用熟悉的声音对我说完,露出了微笑。

"太好了,我没认错人……一开始还真不知道你是谁。"

爱丽丝一边递来装着红茶的杯子,一边自语般呢喃。

我被领到她下榻的酒店客房里,心神不宁地接过茶杯。她笑着说,房钱是按双人间交的,被人看见也无须担心。不过这确实不算特别理想的情况。

"我变了这么多?"

"你变了……声音和体形都变得好像陌生人一样。"

这么多年里,我变了声,长了个子,只是自己并没什么感觉。

更何况,爱丽丝也变了不少。原本的长发被剪短,个子也长高了许多。她的外表和服装都偏向男性,我远远看过去恐怕认不出她来。

不过——凑近看就会发现,她正是我所认识的爱丽丝。

我们彼此诉说了分开后走过的路。因为我们只会在信上写写自己当时的近况,并不知道彼此过着什么样的生活。

爱丽丝被养父母送去初中念书——她还笑着说,自己为保持低调费了好大功夫。升上高中时,她就独自搬出来了。她在养父母家并没有遭到像我和博士那样的待遇,而是得到许多疼爱。几年前,她的养父母都去世了。

"你现在在干什么?我见你信上只写着在工作。"

"搞研究……我在 C 大学拿到了博士学位,这次来是为了参加学术研讨会。"

"研究?"

"基因编辑技术的研究……我想让爸爸的蓝玫瑰复活。"

蓝玫瑰?!

怎么可能——她为什么要这么做?蓝玫瑰是那场惨剧的导火索,对我们来说应该无比忌讳,可她竟要让它复活?

"爱丽丝,你到底在想什么?就算成功了,博士他们——"

"别说。"爱丽丝摇着头,声音开始颤抖,"不行……我忘不掉他们。忘不掉爸爸妈妈,还有外公和罗尼……大家总会出现在我梦里。有时候浑身是血,有时候被火烧得焦黑——可是,他们都不说话。最后,那家伙也会出现。那家伙对我咧嘴一笑……我每次都会惊醒。"

我无言以对。

——因为我也一样。

我每晚都会梦到那天的光景。那场惨剧已经化作深深的伤口,永远折磨着我们。

"我逃不了……所以我决定了,要结束这一切。"

结束这一切?

"我要找那家伙报仇。让那家伙偿还杀死爸爸妈妈的罪恶。埃里克,我希望你也来帮忙。仅凭我一人之力还不足够。"

报仇?!

"不行,爱丽丝。这样不行,太危险了。而且——那件事都怪我,你现在叫我帮忙……"

"我知道这个请求很残忍,也知道你心里是那样想的。"爱丽丝露出寂寥的微笑,"所以我不会勉强你。如果你不愿意,我就一个人想办法。可是,希望你听我说句话。你没有错,我从来没恨过你。因为……你是……"

爱丽丝凝视着我,中断了话语。

一阵漫长的沉默。

我紧紧闭着眼,拼命思索——

再次睁开眼,我把自己骨节分明的手叠在爱丽丝白皙的手上。

"埃里克?"

"好吧……"

或许,我此时应该劝阻她。

可是,无论怎么寻找,我都没有那个选项。

我与她一同经历了那场惨剧,一同体会过那种痛苦——但我比任何人都清楚,若此时劝她忍气吞声,等同于让她背负一切重担而置之不理。

而且我发现了——

她不可能不憎恨。只为了夺走蓝玫瑰,那个人像碾死虫豸一般杀死了博士和凯特。她怎么可能原谅。

"我绝不会让你独自背负这一切……我们会永远在一起。"

我在那句话里融入了全部心意。

爱丽丝正要说话,我吻上了她的唇。我们沉浸在对彼此的热情中,仿佛互相抚慰着心伤。

然后,我们就开始制订计划。

我和爱丽丝一边过着毫无接触的生活,一边慢慢准备着复仇计划。

同时,我们还开始学习执行计划时需要用到的知识和技术——对药物的了解和注射器的使用方法，以及体术等。

爱丽丝将成为引蛇出洞的诱饵，在研究中重现坦尼尔博士的蓝玫瑰。而我则帮爱丽丝培育她的试验品，同时追踪他的下落。

一九五四年案发时，他隶属于山庄所属辖区的警署，当时是个二十出头的高个子警官，品行谈不上很好。

只有这样的线索，调查起来如同大海捞针。但对我来说，却是查出他身份的唯一信息。我动用了圣职人员的关系网，找W州的牧师询问当年的事，或是利用礼拜日与本地警署领导套近乎（我平日对警察唯恐避之不及，做梦都没想到有一天会主动接近警察），想方设法收集消息。

这种在沙漠里淘金砂一样的调查持续了整整五年，我总算筛选出几个符合条件的警官姓名。那一年，恰好是惨剧发生第二十年。

我一边小心翼翼不让嫌疑人察觉，一边展开调查——最后总算查到了那家伙。

加斯帕·盖尔。此人在W州工作到一九六〇年，其后调到A州P警署，目前担任警督。

我以传教名义飞往A州，躲在P警署门前的隐蔽处看清了加斯帕的模样。

他脑袋已秃，体形也极为肥硕，但眼鼻和嘴唇的形状无疑就是那个一直追踪我到宅邸的警官。

找到目标后，我们第一个动作就是在地理上靠近他，以便展开行动。

爱丽丝买下了A州F市郊外的别墅。

那座房子跟坦尼尔家布局相似，让人很是怀念。她苦笑着说"我只看一眼就走不动路了"。

凯特留下的那些爱丽丝外婆的遗物起了很大作用。我们离开宅邸前找到的戒指和耳环等首饰，每一个都价值连城，用作我们推进计划的资金来源绰绰有余。爱丽丝用剩下那部分钱买了"麦考潘不动产公司"的股票（那是凯特娘家创建的公司之一），暗中与公司搭上了关系。

我也把O州教会托付给相熟的牧师（尽管离开这个拯救了我和爱丽丝的地方，让我感到痛彻心扉），来到那家伙所在的A州P市教会。上一任牧师年老退休，把教会与隔壁的孤儿院旧址都空置了。

虽然我只是个外人，教区居民却对我格外欢迎。原来大家都希望教会能恢复。我回应着每个人的笑脸——想到将来必定要背叛这些人，不由得感到胸口一阵刺痛。

我们两人找到落脚点后，便各自建起了温室。

此时，爱丽丝脑中的计划已经十分详尽。藤蔓机关也在培育温室玫瑰时设好了。

我在传教活动的间隙，经常到爱丽丝的别墅去打理她的温室。为防止移除机关时藤蔓上留下弯曲痕迹，还不忘了适度修剪，让弯曲部分重新伸直。

一开始，我坚信这个机关是为了夺走那家伙的性命。现在回想起来，她或许早已预料到自己身体的问题。我们有两个人，如果只是伪造不在场证据，应该有更简单的做法，没必要搞得如此复杂。我这样问她时，爱丽丝只是含糊地笑着说："这只是爱好罢了。"

实行计划时，我还知道了我跟博士他们共同生活过一段时间的山庄后来有过什么经历。

博士与凯特的失踪一度在山脚小镇引起热议，只不过他们平时很少与镇民接触，又在那里无亲无故，最后并没有引起太大的波澜。警方虽然有所察觉，却没有认真调查。

被山体滑坡堵塞的道路，由于重建可能性太低，就被置之不理了。那座房子也空置了一段时间，并在那件事发生的半年后毁于一场火灾。

那无疑是加斯帕的手笔。他见事情平息下来，便把证据销毁了。

一切准备将近完成。

爱丽丝成功创造了淡蓝色的"天界"与深蓝色的"深海"。虽然没能完全再现坦尼尔博士的蓝玫瑰，但引他出洞绰绰有余。

然而，造物主实在太残酷了。

我们利用"麦考潘公司"的资源挑选到合适的房子，伪造一场火灾，将日记送到了他手上，只差一点就能正式启动计划——就在那时，爱丽丝倒下了。

※

"你们需要做好足够准备，才能把加斯帕引出来。"涟对一直保持沉默的罗宾说，"让自己成为蓝玫瑰的直接关系人，成为难以抹杀的重大事件当事人。同时，还不能被当场逮捕。为了达到这些极为困难的条件，你们制造了坦尼尔博士——爱丽丝的伪装他杀案。这个行动非常成功，盖尔一下就中计了。"

让弗兰基含着钥匙是为了防止"凶手从外面把脑袋扔进去"这个错误答案出现，不让警方过早查出如何封闭温室。

"那本日记也是吗？"

听了多米尼克的问题，涟点点头。

"首先，那本日记可能包含着宣战意味。伪造日期也不仅是为了让日记真实性受到怀疑，那可能也同时记录了他们开始执行计划的日子。不过，最大的目的在于让盖尔读到日记，以便引蛇出洞。正因为如此，尽管气候上存在矛盾，他们也要在 P 警署辖区内制造火灾。"

他们并非一开始就刻意让警方把日记误会为虚构，只是加斯帕已经调职到 P 警署，当地气候自然而然地与内容发生了矛盾。

然而——计划最终被拖延了一年多。

之所以拖延，是因为爱丽丝身患重病。而她确实为养病停职了一年。

她接受治疗的地方无法查明，想必是为了防止警方查到线索，利用伪造文件等手段隐瞒了身份。也有可能去了 U 国国外的医院。

多米尼克咬住嘴唇，不一会儿，他压抑着感情小声说道：

"加斯帕那家伙虽然不是什么好东西。可是，我跟他搭档了这么些年，很难相信他竟是杀了这么多人的魔鬼。"

"根据尼森少校——我们在军方的熟人调查，加斯帕·盖尔似乎跟好几个犯罪组织有来往，连带消音器的手枪也是从那些地方买来的。我还找他以前所属那个警察署的老警官问过，得知盖尔年轻时经常单独行动，不怎么重视规矩。"

日记对"警官"的描写也有点奇怪。尽管话语不多，但随处可见他仿佛是独自到宅邸来的描述。然而，警方调查的基本阵容应该是两人一组。

那根本不是正规调查，而是一个警官为了立功的独断专行。

最终，那个行为给一家人带来了灾难。

他们还在调查 W 州发现的白骨遗体身份。约翰几天前那次联系过后，到现在又挖出了两具男性骸骨。他到这里来之前接到汇报，两具骸骨都已经死亡十年以上。

在玛利亚的要求下，骸骨一事只有极小一部分调查相关人员知道，更是没透露给媒体。那完全是为了不让加斯帕得到过多消息。爱丽丝、埃里克，还有玛利亚。他们都在用各自的圈套把杀人凶手逼到死路上。

※

"艾琳小姐跟他们有关系吗？"

"她是爱丽丝和埃里克的女儿。两人虽然没有结婚，但生了一个孩子，那就是艾琳。由于不希望把女儿卷进他们的计划中，他们便请迪利特家收养了艾琳。"

——我真的不知道。

——我只是自作主张地想，可能是那样吧……所以我不能说。

艾琳对此毫不知情，但她是个聪明孩子，恐怕已经从父母的交谈中隐约猜到了亲生父母的真实身份。她之所以进入弗兰基——爱丽丝的研究室，也是为了亲眼看看真正的母亲。

爱丽丝想必很迷茫，不过，她最后还是让女儿加入了研究室。她可能考虑到断然拒绝会遭到怀疑，或者——想在自己离开人世前，近距离看着女儿成长。真相究竟如何，已经没有人知道了。

"那他们为什么要利用自己的亲生女儿伪造不在场证据？那不会招来更多怀疑吗？"

"他们没有故意把艾琳卷进去。本来到博士别墅帮忙的人不是艾琳，而是另一个学生。可是那个学生突然生病来不了，而艾琳主动举手了……对他们来说，那可是最大的误算。"

可是，蓝玫瑰已经公之于众，罗宾——埃里克也跟槙野茜约好了见面。关键在于，爱丽丝的身体已经接近极限。他们没办法中断计划等待下次机会。

艾琳之所以被捆住手脚关在温室里，正因为她是两人的亲女儿。如果是另一个学生过来，他们想必不会费事捆绑，直接将其扔在温室外面。而正因为艾琳是他们的女儿，才要捆住手脚，以确保她绝对不会遭到怀疑。又因为不忍心把女儿扔在室外，才把她关进了温室里。

"爱丽丝父亲创造的蓝玫瑰去哪儿了？既然二十九年前有人创造了蓝玫瑰，应该多多少少有点传闻才对。"

"还用问吗，当然是枯死了。"

放到外面的蓝玫瑰苗木全都生病了。

"日记上写到，蓝玫瑰还是抗病性不佳的半成品。凶手对此一无所知，竟把蓝玫瑰养死，错失了大发横财的机会。对不对，加斯帕？"

加斯帕并不回答，但面对玛利亚的挑衅，还是气得脸上横肉直抖。玛利亚乘胜追击。

"一本仿佛再现了那场惨剧的日记，偏偏出现在自己辖区里。你肯定吓尿了吧？而且一年后，竟有两个人同时公开了不同的蓝玫瑰。其中一位创造者是学者，另一方则是牧师。这只能让人怀疑是阴谋或圈套，对吧？你不能出面行事，只能通过我和多米尼克窥探内情。可是没过多久，弗兰基·坦尼尔教授竟被杀了。你当时应该慌了手脚。不仅如此，现场还留下了'七十二号样本在看着你'这条信息……你是不是想过,当时自己杀掉的'怪物'还有同伙,并且已经查明了你的身份?"

加斯帕冒了一脸油汗,没有回答。

※

"杀死槙野茜的人是加斯帕吗?"

"那是知道她下榻的酒店,能够在不与她发生争执的情况下进入房间,并且知道她拥有'天界'样本的人。我应该早点儿发现,仅凭这些就能锁定凶手身份。首要嫌疑人克利夫兰牧师正在被你们监视,拥有牢不可破的不在场证据。那样一来,符合条件的人可就不多了。"

"警方的调查相关人员……吗?"

茜的酒店地址和她拥有"天界"样本的事,涟等人都知会了加斯帕本人。由于现场不存在争斗迹象,他们一开始还以为是茜的熟人作案。不过换个角度想,警官只需凭证件就能让里面的人把门打开。

"盖尔从我们的报告中看出,牧师的不在场证明极度依赖于槙野茜的证词。只要除掉槙野茜,牧师就会陷入非常不利的境地。那样一来,他就能把牧师传唤到P警署,逼其说出真实意图。当然,实际上我们还有出租车司机的证词,不过当时他还没收到那个消息。"

"那他偷走样本,也是为了让牧师背黑锅?"

"也有可能只想抢夺蓝玫瑰的样本而已。"

然而加斯帕的计划却被多米尼克的行动给毁了。如果多米尼克没有擅自行动,可能会对后面的案情发展造成极大影响。

罗宾一直在黑暗中保持沉默，让人无法辨别他的表情。从结果来说，是他害死了与此事毫不相干的茜——他心中是否怀有自责之念，涟无从得知。

※

"应该说，你被下属摆了一道吧。"玛利亚勾起嘴角，"本来想算计嫌疑人，没想到竟给他制造了牢不可破的不在场证明。你被逼得走投无路，便下令解除对罗宾——埃里克的布控，想趁机夺取他的性命。"

"为什么？我觉得那未免太急躁了。"

"当埃里克获得牢不可破的不在场证明时，他在加斯帕眼中就成了必须尽快除掉的眼中钉。他跟爱丽丝几乎同时公开了蓝玫瑰——单从这一点看，就知道埃里克一定跟二十九年前的惨案有关系。埃里克随时可能曝光二十九年前的惨案。出于恐惧，加斯帕决定把牧师杀人灭口。当然，他可能想顺便夺走'天界'据为己有。然而，那正中埃里克的下怀。"

让加斯帕杀死自己，从而对他按下杀人犯的烙印。这就是埃里克的复仇。

他不知道爱丽丝是否希望如此，但可以肯定，她计划用自己的性命把加斯帕引出来，从而曝光他的罪行。剩下的事情，她都交给了埃里克。或许她察觉了埃里克的意图，想劝他放弃。但是他已经亲手断送了挚爱之人的性命，这个罪孽的负担实在太沉重了。就算在一切结束之后，他不得不丢下女儿离开这个世界，埃里克也要偿还自己的罪孽。

他中枪后，虽然离开温室来到了门口，但绝不是为了呼救。

那只是为了让案件尽快曝光,把加斯帕逼上绝路。"

加斯帕走进温室时,里面的"沉睡'天界'"早已被付之一炬。那是埃里克干的,同时也为了销毁伪造不在场证明的罪证。凶手不可能在犯罪前后优哉游哉地剪掉如此大量的玫瑰花,只能认为是温室主人事先做好了处理。尽管藤蔓还留着,但只要无人照料,它们很快就会枯萎。

只不过,教会牧师房的花瓶里还留着一朵"沉睡'天界'"。埃里克可能认为,房间里光线昏暗,"天界"不可能苏醒。至于衣柜里的"天界",可能被他当成了诱饵,也有可能只是单纯放在那里,反正迟早会枯萎——又或者,是他把自己的罪行交给了上帝进行审判。不管怎么说,他本人应该不会道出自己的真实想法。

"当时他还顺便销毁了搬运爱丽丝遗体的证据。"

"什么意思?"

"就是塑料布。就算把凶器一直留在遗体上堵住伤口,两小时的车程多少也会流点血出来。他应该至少用塑料布包裹过尸体。"

"'天界'灰烬底下那块就是搬运尸体用过的塑料布吗?"

见埃里克早已看穿了自己想把"天界"据为己有的企图,加斯帕一气之下对他开了枪。为伪装成自杀,他还让埃里克握住了手枪,只要朝躯干开枪,手上就能留下硝烟反应。

可是,这里出现了致命的错误。加斯帕并不知道埃里克是左撇子,把枪放在了他右手上。

"那只能说大意,还不能算致命吧。不过是让自杀的可能性消失了而已。"

"话不能这么说。P警署的人并没有对埃里克进行过问询,所以不知道他是左撇子。我也不会把报告写得如此详细——再说我也是在检查袭击现场时总算想起来有这么一回事的。此时，多米尼克在槙野茜一案中有不在场证明……那加斯帕不就成了第一号嫌疑人？"

"那……"加斯帕闷哼一声，说出了玛利亚等人控制现场后的头一句话，"那能证明什么？我不知道他是左撇子？荒谬！要解释这个还不容易吗！"

"我倒是觉得你那些借口更荒谬更难看。"玛利亚从上衣口袋里掏出侧面有一排方形按钮的小盒子。"不过既然你这么说，我就让你听听什么叫不可推翻的证据。"

玛利亚按下其中一个按钮，小盒子发出混着杂音的声音。

"——这……怎么……F警署的报告……"

"真可惜，这里的'天界'已经……了。加斯帕·盖尔警督。你没有资格拥有蓝玫瑰……年前，你也没能养好蓝玫瑰。"

"你到底——是谁！你是谁？！"

加斯帕脸上失去了血色。

录音内容很不清晰，但那两个声音确实是加斯帕和埃里克。

"最近的录音机都这么小巧，而且性能很高啊。真不愧是J国货。"

"不可能——那东西藏在哪儿了？"

罗宾遇袭那天，玛利亚在勘验现场时，从花盆底下发现了这台录音机。

那是埃里克事先准备好的东西。他平时会把赞美诗录成磁带反复播放，自然知道如何操作这种机器。

录音机里突然响起好几声撕裂空气的声音，紧接着是倒地声。有人走过来，一阵短暂的爆音，然后是几下扣扳机的声音、骂声和咂舌声，渐渐远离的脚步声。最后是痛苦的呻吟和衣服摩擦声——在一阵杂音过后，突然安静下来。录音播放完了。

"听完这个我再问你一遍，加斯帕·盖尔。罗宾·克利夫兰被枪击那天，你在哪里、做了什么？"

加斯帕没有回答。他脸上依旧没有血色，狼狈地嚅动着嘴唇。

"跟我来一趟。你有权保持沉默，也有权委托律师。反正现在做任何辩护都没有用了。我要仔仔细细盘问你，包括二十九年前的惨案。"

"闭嘴——闭嘴！"加斯帕高声喊道，"为什么所有人都要妨碍我！这东西是我的，谁也别想拿走！谁也别想——"

"站住！"

没等玛利亚追过去，加斯帕就空手攥住"深海"的枝条，另一只手抱起花盆，转向窗户——

然而，他突然停下了脚步。

肥硕的身体开始颤抖。

"深海"的花盆从手中滑落，掉在地上摔碎，土撒了一地。

肥硕的警督大口喘息着，不断抓挠胸口。他扭曲着身体——轰然倒地。

他左手捂住咽喉，右臂无力地向虚空抬起，发出鸡被绞死的声音——

几次痉挛过后，手臂落在地上。

加斯帕瞪大双眼，吐着舌头，再也不动弹了。

砸落在地的右手上，出现几个小红点。

加斯帕的尸体旁，"深海"亮出了染红的棘刺。

尾　声

"加斯帕·盖尔的死因是急性心脏衰竭。他握住'深海'枝条时，可能被棘刺注入了生物碱类毒素——不过这只是推测，要看鲍勃的尸检结果如何。"

玛利亚看完笔记抬起头，涟从后面跟了上来。

"据说那种毒素并非涂抹在棘刺表面，而是'深海'天生就具备的东西。我们对坦尼尔博士温室里的植株，以及 C 大学的植株做了分析，两者内部都含有高浓度的翠雀宁。"

翠雀宁（Delphinine）虽与翠雀素（Delphinidin）名称相像，但前者是类似乌头碱，即附子毒的毒素。翠雀素的名称源自翠雀花，这种花里就含有翠雀宁，一旦进入人体就会引起呼吸困难和心脏病发作，可能致死。

"是吗……"

多米尼克咕哝一声，转开目光。

——这里是罗宾·克利夫兰的温室。

下午阳光透过玻璃照进来。玫瑰花虽然还开着，但颜色已经褪去，花和叶都开始萎蔫。玻璃上的弹孔，仿佛还在诉说对案件的记忆。

结案一周后，涟跟玛利亚以书写最终调查报告为借口拜访了多米尼克。他们先去了P警署，结果发现多米尼克出去了。问到地方后，两人又来到教会，找到了呆站在温室前的多米尼克。银发的刑警看见涟和玛利亚，抬手打了声招呼，声音显得没精打采。

尽管他百般嫌弃这个上司，可毕竟一起搭档了十几年。如今加斯帕背着大量杀人的罪名死了，多米尼克心里做何感想，涟这个外人自然不可能知道。

"看来坦尼尔博士——爱丽丝专门改造了'深海'的基因，让棘刺充满毒素啊。"

"这无法断言。正如博士本人所说，探索生物形态的研究极为复杂，本来只改变了一个基因，影响也有可能波及意想不到的部分。而蓝玫瑰需要编辑众多基因，其影响更是不可预测。"

"危险勿碰"——他想起"深海"花盆里插的警示牌。蓝玫瑰棘刺上积蓄翠雀宁究竟是偶然还是玛利亚所说的爱丽丝刻意为之，目前并没有明确证据。只是——

假设爱丽丝与埃里克的真正目的是把加斯帕逼上绝路，让他攥住"深海"，那么，他们的复仇可以说非常成功。

罗宾·克利夫兰牧师——埃里克仍待在病房里。待他伤愈后，警方将以嘱托杀人、尸体损坏、尸体遗弃和对艾琳的伤害等罪名对他展开调查。

不过，他犯下的罪，几乎都是被害者本人的遗志。至于"深海"的棘刺，是加斯帕不顾警示牌执意要握住枝条，因此不能将其当成圈套对埃里克问罪。大部分调查相关人员都认为，他最后不会受到重罚。

多米尼克无声地注视着玫瑰，仿佛突然想起什么，轻声问道：

"那个牧师——埃里克的身份查明了吗？日记上写着他在镇里好像做了什么事。"

"我们发现一则案件记录：二十九年前，W州郊外有一对夫妇遭到杀害。他们有个十二岁的孩子，但在案件发生后失踪了……只不过，我们没找到那孩子就是埃里克的证据，当时似乎也没有提取到可供对照的指纹。假设埃里克真的是那孩子，在没有谋杀物证的情况下，恐怕很难起诉他谋杀双亲。"

最了解那个案子的调查相关人员，正是加斯帕。而他已经不在这个世上了。

"说到身份，日记上还有关于爱丽丝本人的奇怪描述对吧。我记得是'爸爸把我做出来'还是啥的，那是什么意思？"玛利亚问。

"这只是我的猜测。那可能是'体外受精'。"

从父母两方提取精子和卵子，用培养皿之类器具进行人工授精，然后放回母亲子宫内。这种技术主要用于因排卵障碍等原因无法怀上孩子的场合，是治疗不孕的方法之一。五六年前已经正式公开了成功案例。

与此同时，包含人类在内的动物克隆至今仍未有成功例子。综合技术屏障来考虑，二十九年前可能实现，并且可以表述为"制造人类"的技术，自然非常有限。

"不是，等等。那蓝玫瑰如何解释？如果日记里写的是真事，基因工程学比现在更为落后的二十九年前，第一株蓝玫瑰就诞生了，这是真的吗？加斯帕那家伙看见的，确定是真的蓝玫瑰吗？"

如果没有蓝玫瑰，加斯帕就不会陷入疯魔，也就不会引发一连串悲剧了——涟仿佛听到多米尼克内心的呐喊。

玛利亚皱着眉，抬头看向天花板。一阵漫长的沉默过后，她兀自喃喃道。

"谁知道呢。"

"喂，红毛——"

"不管是真是假，我认为当时的基因编辑技术都远远称不上完美。就算让他再现一遍创造过程，肯定也无法轻易实现，无论爱丽丝的父亲多么有天才。而且，谁又能说这一切都是蓝玫瑰的错呢？就算没有蓝玫瑰，加斯帕如果发现其他有价值的东西，说不定也会犯下罪行。就算有蓝玫瑰，要是没有发生山体滑坡，他可能只会杀了'怪物'之后逃到镇上，让事情就此结束。这样的'如果'要多少有多少。我们警官的工作，是调查到底发生了什么，然后抓住凶手，仅此而已。难道不是吗？"

这种安慰方式还真像玛利亚的性格。

多米尼克眨眨眼，露出苦笑。

"可能是吧……"

※

快点儿，没时间了。

——无论如何都要这样吗？

没错，我们已经讨论过很多次了。

而且……如果你觉得自己对爸爸妈妈有罪，那这就是你的惩罚。

如果你愿意为我着想，那这就是你我的救赎。

……四十几岁的人了，怎么还叫"爸爸""妈妈"。

好了，别废话。

艾琳就托付给你了。我没能为她做任何母亲该做的事。

所以……你要活下去，守护那孩子。无论发生什么事。

……

别担心……你一定能做到。

过了今晚,我们的复仇就结束了。

好了,埃里克。

快点儿——

我从梦中醒来,眼前是一片白色天花板。

这是病房的天花板,我已经连上面的污渍都无比熟悉了。寂静的房间里,只有空调机单调的响声。

我又梦到了那个晚上。

我把一只手放在胸口,一阵钝痛蹿过空虚的心。

我刺穿她胸膛时,刀刃上传来的鼓动。

我切落她首级时,柔软却冰冷的肌肤触感——

如今,那些都化作癫狂的诅咒,蚀刻在我手上。

——你一定能做到。

骗人!一切都失败了!我把毫不相关的槙野茜卷了进来,我们的秘密全都被揭穿了。我连死都没死成,还无法自断性命,只能毫无意义地苟延残喘。

几天前,黑发的刑警告诉我,加斯帕·盖尔已经堕入地狱。

我毫无喜色,连自己都吃了一惊。

时至今日,我并没有反悔,并不觉得自己应该抛下仇恨,跟爱丽丝两人度过剩下的时光。只是——这场复仇的成功,让我失去了太多。

现在,一切都没有了意义。

我甚至抛弃了她与我生下的女儿。我是个杀人犯——我亲手杀了女儿的母亲,根本没有资格自称父亲。就算待在她身边,我也只会带来痛苦和灾祸。

想到这里，突然传来敲门声。

"打扰了。"身材小巧的护士走进病房，对我露出开朗的笑容，"啊，你已经起来啦。刚才有人来看你，我说你还在休息，让那人先回去了。"

目前，这座医院里还没人知道我犯下的罪孽。就连这位护士，似乎也只知道我是"上了新闻，被卷入严重案件的圣职人员"。不过，就算她知道一切，事到如今也没什么区别了。

但是，有人来看我？

她手上还捧着——

护士点点头，向我举起了花束。

——是"天界"。

爱丽丝留下的，淡蓝色美丽花朵。

"那人叫我把这束花交给牧师。她是个白色长发的可爱女孩子。那是教会的信众吗？"

——艾琳就托付给你了。

——守护那孩子。无论发生什么事。

我一言不发地凝视着"天界"的花束。

里面有一朵少了花瓣的花。看来这是我放在衣柜里那盆"天界"。有人——是红发警官还是别人——找到了它吗？

"你要尽快康复，让她看到精神饱满的样子哦。"

我不记得自己是如何回答的。

只记得，我一直凝视着那束鲜花。

我闭上眼，回想起自己跟那个白发少女，人生中最幸福的时光。

※

寒冬将临，拂过面颊的风愈发冰冷。

这里是眺望大海的山丘墓地，我行走在成排的墓碑间，目光落到手中的花束上。

让人联想到海底深渊的深蓝色玫瑰——"深海"。

我抬起一只手轻抚花瓣。为保险起见，我把棘刺全部剪掉了，所以能够用手触碰。

然而，创造这种花的人，却去了一个我再也无法触碰到的地方。

几天前，老师的葬礼结束了。

她好像没有亲人，因此主持葬礼的人是政府工作人员。作为一个成就伟业的研究者，她的告别仪式未免太过简朴。

丽莎升格为助教，接过了老师的工作，学校也决定让研究室换个名字继续开下去。好在，研究室的人都没有离开，赞助商也愿意继续出资。我本以为他们会迅速划清界限，因此感到有些意外。其中一名研究员对我说了一句意义不明的话："那是因为有你在啊，艾琳。"

可是，大家周围荡漾的失落感，却无从填补。

我也一样。

想问的事情一件都问不出来，那个人就这样悲惨地离去了。

我经过一个摆着飞艇模型的墓前，再走几步，就找到了那块墓碑。

Frankie Tenniel Aug. 11, 1941-Nov.27, 1983

我把"深海"放在墓碑前,闭上眼睛。气味冰冷的海风拂过面颊。

我不知站了多久,突然听见远处传来脚步声。

睁眼看向声音传来的方向,一个穿着军装、身材高大的男人正朝这边走来。

"你果然在这里啊,艾琳·迪利特小姐。"

男人对我敬了个礼。

我想起来了。老师去世前几天,红发和黑发的警官——索尔兹伯里警监和九条刑警跟这个军人一起参观过研究室。他好像叫——

"你好……找我有事吗,约翰·尼森少校?"

"没什么事,只是来跑腿罢了。"说完,尼森少校就递给我两个厚厚的褐色信封。"坦尼尔博士好像留下了遗言,说把这个交给你。"

交给我?

我接过沉甸甸的信封。"真是的,说了多少次军人不是打杂的……"尼森少校在旁边小声嘀咕,我则打开了其中一个信封。里面装着文件。拿出来一看——

我顿时不知说什么好。

现将弗兰基·坦尼尔名下所有知识产权,转让给艾琳·迪利特。

第一页最上方写着这么一段话。

其他文件都是专利申请的复印件。"液泡 pH 值升高的植物细胞""以氨基酸序列为基础的 DNA 分子制造方法"……与蓝玫瑰有关的一系列技术,全都包含在那一沓专利文件里了。

不只是专利申请,第二个信封里还装着十几册实验笔记。上面基本以一年一本的频率,详细记录了老师的研究过程。

最后,是一张信纸。

"致艾琳"——这是那个人给我写的信。

上面没有写到任何我想知道的事情。

——专利等手续全都交给律师操作,你不用担心。研究室和家中、别墅的东西你可以自由处置……全是些事务性的交代。

最后还写到——让我珍惜父母,也就是我的养父母。遇到困难去找罗宾·克利夫兰牧师,然后,用一句"你要幸福"做了结尾。

不知何时,风已经停了。

尼森少校略显困惑地递了一条手帕给我。

此时我才发现,自己的脸颊被打湿了。

【参考文献】

《蓝玫瑰》（最相叶月／岩波现代文库）

《玫瑰大图鉴》（上田善弘、河合伸志监修／NHK 出版）

Yukihisa Katsumoto et al., "Engineering of the Rose Flavonoid Biosynthetic Pathway Successfully Generated Blue-Hued Flowers Accumulating Delphinidin", Plant Cell Physiol., 48(11), 1589-1600 (2007).

Kumi Yoshida et al., "Blue Flower Color Development by Anthocyanins: from Chemical Structure to Cell Physiology", Nat. Prod. Rep., 26(7), 884-915 (2009).

BLUE ROSE WA NEMURANAI
Copyright © 2017 Yuto Ichikawa
Chinese translation rights in simplified characters arranged with TOKYO SOGENSHA CO., LTD.
through Japan UNI Agency, Inc., Tokyo
Simplified Chinese edition copyright: 2019 New Star Press Co., Ltd.
All rights reserved.
著作版权合同登记号：01-2018-8869

图书在版编目（CIP）数据

蓝玫瑰不会安眠 /（日）市川忧人著；吕灵芝译 . ——北京：新星出版社，2019.12
（2024.11 重印）

ISBN 978-7-5133-3541-6

Ⅰ.①蓝… Ⅱ.①市… ②吕… Ⅲ.①长篇小说—日本—现代 Ⅳ.① I313.45

中国版本图书馆 CIP 数据核字（2019）第 050924 号

午夜文库
谢刚 主持

蓝玫瑰不会安眠

[日] 市川忧人 著；吕灵芝 译

责任编辑： 王　萌
责任校对： 刘　义
责任印制： 李珊珊
封面插图： [日] 影山彻
装帧设计： 冷暖儿

出版发行： 新星出版社
出 版 人： 马汝军
社　　址： 北京市西城区车公庄大街丙3号楼　　100044
网　　址： www.newstarpress.com
电　　话： 010-88310888
传　　真： 010-65270449
法律顾问： 北京市岳成律师事务所

读者服务： 010-88310811　　service@newstarpress.com
邮购地址： 北京市西城区车公庄大街丙3号楼　　100044

印　　刷： 北京天恒嘉业印刷有限公司
开　　本： 910mm×1230mm　　1/32
印　　张： 8.875
字　　数： 126千字
版　　次： 2019年12月第一版　　2024年11月第二十次印刷
书　　号： ISBN 978-7-5133-3541-6
定　　价： 49.00元

版权专有，侵权必究；如有质量问题，请与印刷厂联系调换。